ビジュアル版

一冊でつかむ 源氏物語

監修 竹内正彦

河出書房新社

はじめに――『源氏物語』とはなにか？

『源氏物語』は、平安時代に成立した長編の物語文学です。

作者は紫《むらさき》式部《しきぶ》と呼ばれる女性ですが、生没年はもちろんのこと、本名さえもわかっていません。ただ、この女性は『紫式部日記』という日記を残しており、そのなかに『源氏物語』との関わりをうかがわせるいくつかの記事を見いだすことができます。とくに、寛弘5年（1008）11月1日の記事は『源氏物語』の存在が歴史上はじめて確認できるものとされ、注目されています。

この日は、彰子が生んだ皇子（敦成《あつひら》親王・のちの後《ご》一条天皇《いちじょうてんのう》）の五十日《いか》の祝い（誕生から五十日目の祝宴）が行なわれました。権勢を誇る藤原道長の孫にあたる皇子の祝宴には、多くの貴族たちが集まり、とても華やかなものとなりました。彰子《しょうし》に仕える女房である紫式部もこの場に臨んでいましたが、そのとき、当代きっての文化人である藤原公任《きんとう》が紫式部のもとにやってきて、「あなかしこ、このわたりに若《わか》紫《むらさき》やさぶらふ」とことばをかけてきました。「若紫」は、『源氏物語』「若紫」巻に登場する作中人物のひとりで、光源氏の最愛の女性となる紫の上のことをさしま

『源氏物語』を題材とした絵画のことを「源氏絵」と呼ぶ。『源氏物語』世界の絵画化は平安時代末期頃に始まり、日本のみならず海外の人々を魅了してきた。（狩野親保『源氏物語図屏風』セントルイス美術館所蔵）

す。公任は、紫式部のことをその「若紫」に重ねながら、若紫（紫式部）さんはこちらですかと戯れてきたのです。

この記事によって、寛弘5年（１００８）には「若紫」巻が貴族たちの間で読まれて評判となっていたことが推察されています。しかし、この記事には続きがあります。公任に声をかけられた紫式部はそれに答えることなく、ここに光源氏に似ている人もいないのにどうして若紫なんているはずがあるのよと心のなかで思ったというのです。さまざまに解釈ができるところですが、公任を前にしてここに光源氏のような人はいないとするのはなんとも遠慮のない物言いです。そしてそれを口にすることなく、ひとり心のなかで呟いているというところには紫式部の冷静さを感じとることもできます。

いかにも『源氏物語』の作者にふさわしい逸話だといえますが、残念なことに、紫式部自筆の『源氏物語』はすでに失われて存在せず、現在伝わる『源氏物語』のどこまでが紫式部自身の手によるものかを明らかにすることはできません。けれども、それは『源氏物語』の価値を低めることにはなりません。むしろ、紫式部によって書かれた『源氏物語』は、長い時間のなか、日本の文化によって磨かれて、いま私たちの目の前にあると考えるべきでしょう。

54帖からなる『源氏物語』には、帝4代、七十余年にわたる年月の出来事が描かれていますが、全体の構成は3部にわけてとらえるのが一般的です。第1部は「桐壺」巻から「藤裏葉《ふじのうらば》」巻までで、さまざまな女性に恋をしつつ、罪を得て流離しながらも復活し、栄華を手にしていく光源氏の前半生。第2部は「若菜上《わかなのじょう》」巻から「幻」巻までで、苦悩に満ちた光源氏の晩年。そして、第3部は「匂兵部卿《におうひょうぶきょう》」巻から「夢浮橋《ゆめのうきはし》」巻までで、光源氏没後の世界が描かれています。

『源氏物語』はたんなる恋愛物語ではありません。権力闘争のような政治的な要素を多分に含みながら人と人との間にあって悩み苦しむ人びとの心のありようがあますところなく描かれています。古典という範疇さえも超えたすぐれた文学作品だということができます。

本書は、その深淵な物語世界のエッセンスを、わかりやすく、しかも一冊でつかみとることができるよう多くのイラストや図解を用いて説明したものです。また平安貴族の生活などについてのコラムを配置して『源氏物語』の背景にも関心をもつことができるような工夫も施しています。

本書が『源氏物語』を理解する一助になれば幸いです。

竹内正彦

『源氏物語』の構成

『源氏物語』は54帖から成り、３部構成となっている。
各巻には、登場する和歌にちなんだタイトルが後世の人々によってつけられた。

第一部（三十三帖）

桐壺《きりつぼ》

帚木《ははきぎ》
空蝉《うつせみ》
夕顔《ゆうがお》

帚木三帖

若紫《わかむらさき》
末摘花《すえつむはな》
紅葉賀《もみじのが》
花宴《はなのえん》
葵《あおい》
賢木《さかき》
花散里《はなちるさと》
須磨《すま》
明石《あかし》

澪標《みおつくし》
蓬生《よもぎう》
関屋《せきや》
絵合《えあわせ》
松風《まつかぜ》
薄雲《うすぐも》
朝顔《あさがお》
少女《おとめ》

玉鬘《たまかずら》
初音《はつね》
胡蝶《こちょう》
蛍《ほたる》
常夏《とこなつ》
篝火《かがりび》
野分《のわき》
行幸《みゆき》
藤袴《ふじばかま》
真木柱《まきばしら》

玉鬘十帖

梅枝《うめがえ》
藤裏葉《ふじのうらば》

帝の子として誕生した光源氏が多くの恋を経験しながら、栄華を極めていく内容。

第二部（八帖）

若菜上《わかなのじょう》
若菜下《わかなのげ》
柏木《かしわぎ》
横笛《よこぶえ》
鈴虫《すずむし》
夕霧《ゆうぎり》
御法《みのり》
幻《まぼろし》

栄華を極めた光源氏が、最愛の妻を亡くすなど絶望的な苦悩に生きる後半生が描かれる。

第三部（十三帖）

匂兵《におうひょう》部《ぶ》卿《きょう》
紅梅《こうばい》
竹河《たけかわ》

橋姫《はしひめ》
椎本《しいがもと》
総角《あげまき》
早蕨《さわらび》
宿木《やどりぎ》
東屋《あずまや》
浮舟《うきふね》
蜻蛉《かげろう》
手習《てならい》
夢浮橋《ゆめのうきはし》

宇治十帖

光源氏没後の時代を舞台に、光源氏の子・薫と宇治の姫君たちとの苦しい恋が描かれる。

もくじ

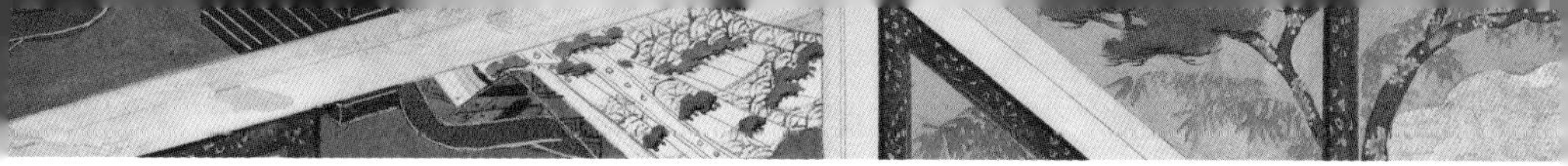

第5章 栄華の陰り
—晩年の光源氏に訪れた
女三の宮を巡る波乱

第6章 宇治十帖
—光源氏没後、
宇治を舞台に展開される恋物語

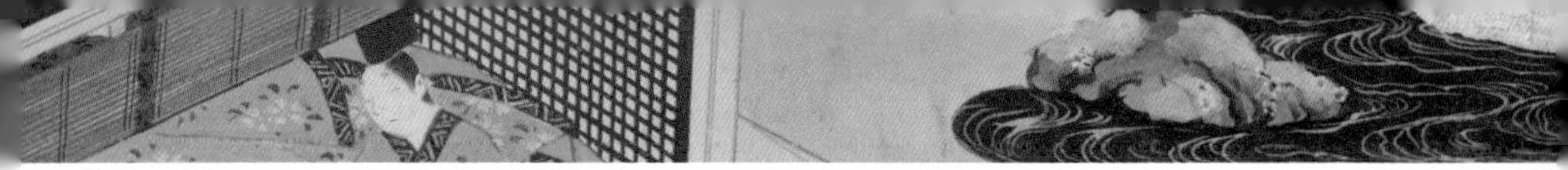

序章

紫式部って どんな人？

――『源氏物語』が生まれるまで

紫式部

中宮彰子のサロンに仕えた才気溢れる平安女性

男性のものとされていた漢文を学んだ少女

『源氏物語』の作者・紫式部《むらさきしきぶ》は、歌人や学者の多い家系に生まれました。父方の曾祖父・藤原兼輔《ふじわらのかねすけ》は、「三十六歌仙《さんじゅうろっかせん》」のひとりに数えられる歌人でした。父の為時《ためとき》も『後拾遺和歌集《ごしゅういわかしゅう》』や『新古今和歌集《しんこきんわかしゅう》』に和歌が載るほどの歌人で、漢文学者としても知られていました。

幼い頃に母親をなくした紫式部は、父親との絆《きずな》が深く、その文才をも受け継ぎました。『紫式部日記』によると、彼女は為時から漢学の手ほどきを受けている弟の惟規《のぶのり》のそばにいて、その弟より早く理解したほどだったようです。当時、漢学は男性が学ぶものとされていたため、為時は紫式部が「男だったらよかったのに」と嘆いたと伝わります。

父の越前赴任に同行して見聞を広める

為時が越前守《えちぜんのかみ》として現在の福井県に赴任すると、紫式部も同行し、1年ほど同地で生活を送りました。この経験がのちに書かれる『源氏物語』にも生かされているともされます。

やがて京に戻った紫式部は、20代後半で藤原宣孝《のぶたか》と結婚。当時としては晩婚で、これは紫式部の適齢期に父の為時が官職を得られなかったためと考えられています。紫式部はこの結婚でひとり娘をもうけましたが、3年後に宣孝は病気で没してしまいました。

その後、紫式部は一条天皇の中宮・彰子《しょうし》の女房となり、宮中で仕えることになります。

紫式部の系譜と若き日の旅

紫式部の系譜

『源氏物語』の作者・紫式部は970年代に、歌人を多く輩出する学者の家系に生まれた。

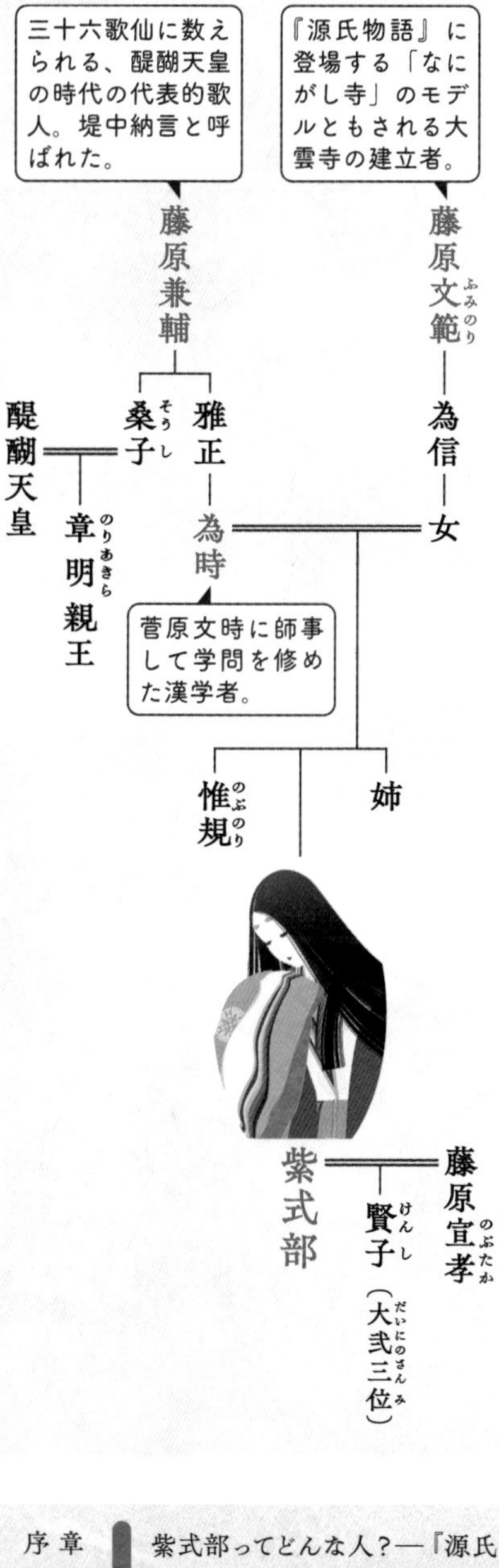

越前への旅

紫式部は996年、父の越前守赴任に伴い下向し初めての長旅を経験した。こうした前半生のなかで『源氏物語』のヒントとなる経験を積んでいる。

『源氏物語』の誕生

紫式部の蓄積した経験が、夫の死を契機に不朽の後宮小説へと昇華される

夫を亡くした寂しさを紛らわすため物語を書き始める

滋賀県の石山寺《いしやまでら》には、紫式部がここで『源氏物語』を執筆したという伝説が残っています。大斎院《だいさいいん》の選子《せんし》内親王《ないしんのう》から、「何か珍しい物語を」という要望を受けた一条天皇の后・彰子より相談を受けた紫式部が、石山寺の一室で着想を得て書き始めたというのです。

しかし実際には、紫式部は宮仕えをする以前から、『源氏物語』を書いていたというのが真相のようです。

夫の宣孝を亡くした紫式部は、その死を悲しむ歌をたくさん残しています。そして夫の死後1年ほどを経て、寂しさを紛らわすために物語を書き始めました。

それが『源氏物語』です。当初は、近しい人に読んでもらっていただけでしたが、その面白さが評判となり、時の権力者・藤原道長《ふじわらのみちなが》の耳にも入りました。

慌ただしい宮廷のなかでも書き続けられた物語

当時の権力者は、宮中に入った娘が天皇の寵愛《ちょうあい》を得られるよう、教養豊かな女房たちを仕えさせ、文化サロンを築いていました。道長が紫式部をスカウトしたのも、必然だったといえるでしょう。

こうして紫式部は、中宮に仕える女房となりました。

彼女が女房生活を綴った『紫式部日記』には、一条天皇に贈る『源氏物語』の豪華本が制作されたこと、物語の先を知りたがった道長が、『源氏物語』の草稿を勝手に持ち去ったことなどの記述があり、紫式部が宮仕えしながら、『源氏物語』の執筆を続けていたことがうかがえます。

◆ 紫式部を取り巻く人々—『源氏物語』はなぜ書かれたのか？ ◆

『源氏物語』の執筆動機については諸説あり、石山寺で着想を得たという伝説があるが、夫・藤原宣孝の死の悲しみを紛らわすために書き始められたものとする説が有力である。

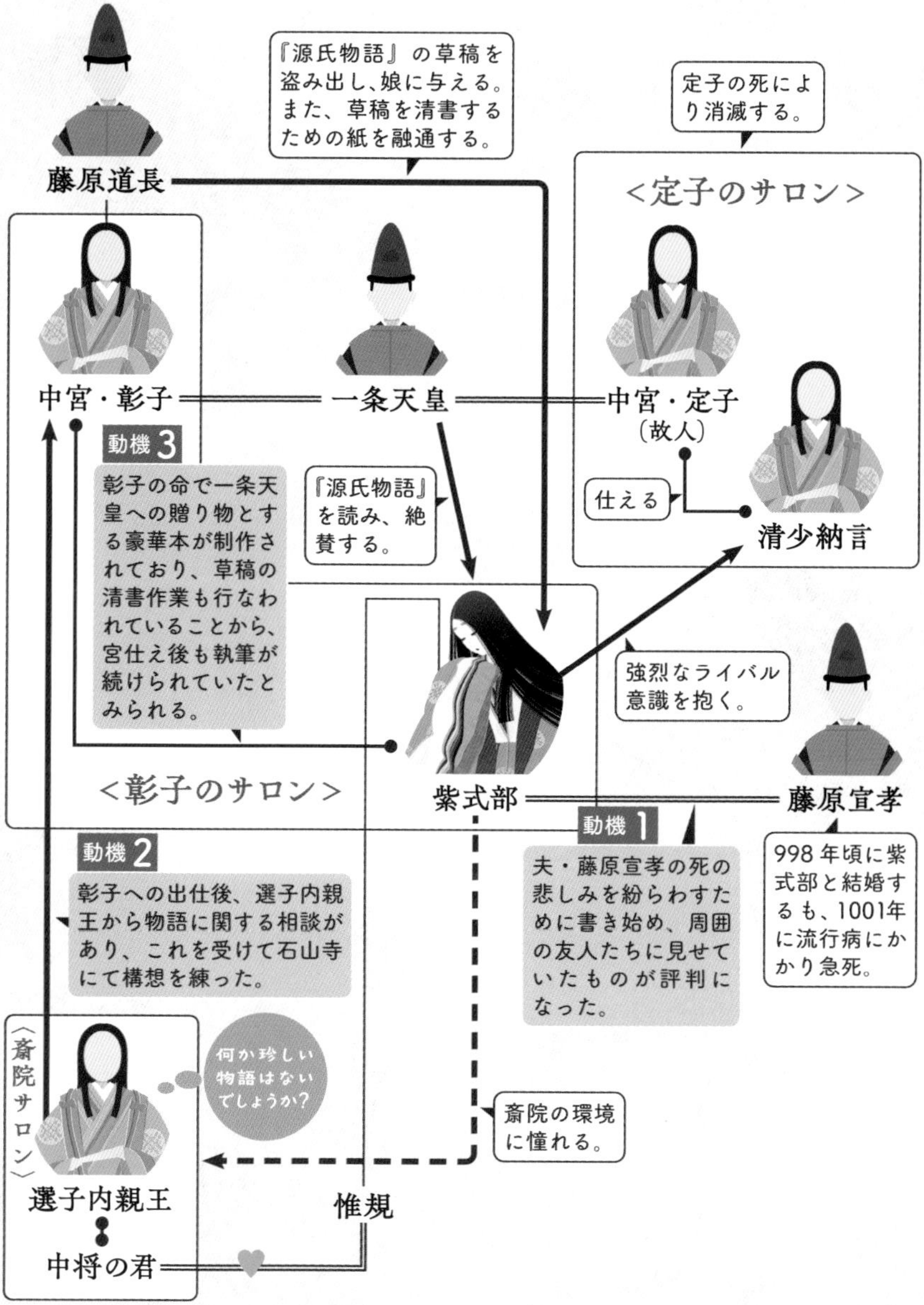

第1章

若き光源氏の恋の旅

——藤壺への憧憬を抱きながら、さまざまな恋を体験する貴公子

年表で眺める『源氏物語』第1章

光源氏の年齢	巻名	できごと
1	桐壺《きりつぼ》	・光源氏、桐壺帝《きりつぼてい》の第二皇子として誕生する。
3		・桐壺更衣《きりつぼのこうい》死去。光源氏、宮中を退出する。 ・桐壺帝、勅使を立てて更衣の母を弔問。光源氏、宮中へ戻る。
4		・弘徽殿女御《こきでんのにょうご》を母とする第一皇子（朱雀帝《すざくてい》）の立太子。
7〜11		・桐壺帝、光源氏を臣籍降下させ、源氏の姓を与えることを決意。 ・藤壺《ふじつぼ》、桐壺帝に入内《じゅだい》する。
12		・光源氏、左大臣の娘・葵《あおい》の上《うえ》と結婚する。 ・桐壺更衣の邸宅を改装し、私邸（二条院）とする。
13〜16		
17	帚木《ははきぎ》	・夏、雨夜の品定め。光源氏、空蝉《うつせみ》と逢う。
	空蝉《うつせみ》	・光源氏、軒端荻《のきばのおぎ》と契る。
	夕顔《ゆうがお》	・光源氏、夕顔と出逢う。 ・秋8月、夕顔、廃院で急死する。

『源氏物語』のあらすじ
―「桐壺」から「夕顔」まで

6つの場面でわかる!

ある帝の御代、宮中の慣例を破って一身に寵愛を受けた更衣が玉のように美しい皇子を出産。美貌と才能に秀でたこの皇子は、光源氏と呼ばれました。

其の4
雨夜の品定め

光源氏は友人たちから恋の相手として「中の品の女」の話を聞く。(▶P.24)

其の5
最初の失恋

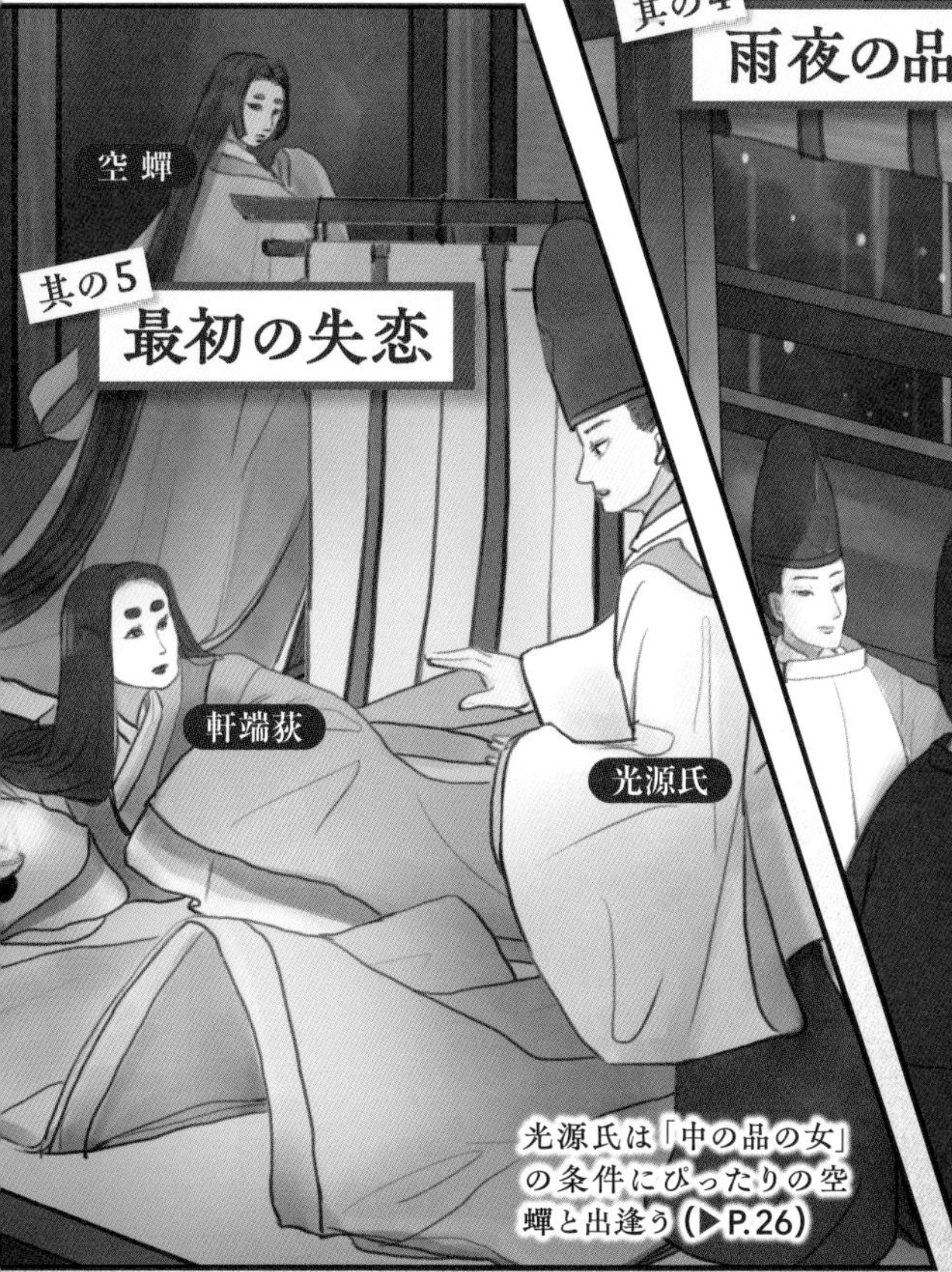

光源氏は「中の品の女」の条件にぴったりの空蝉と出逢う(▶P.26)

其の6
夕顔との悲恋

光源氏は謎めいた女性・夕顔との恋に落ちるが、廃院での逢引中、夕顔が物の怪に取り殺されてしまう(▶P.28)

あらすじガイドライン

ある帝《みかど》の御代《みよ》に、ひとりの女性が帝の格別の寵愛《ちょうあい》を賜っていました。この恋は、嫉妬《しっと》と批判を浴びて悲劇的な結末を迎えますが、ふたりの間には美しい皇子《みこ》が生まれました。それが『源氏物語』の主人公となる光源氏《ひかるげんじ》です。

光源氏の誕生

帝の愛を独占した桐壺更衣が玉のような皇子を生む

収録巻

第一帖「桐壺」

ある帝の御代に、帝の寵愛を一身に受けた更衣がいました。この女性は宮中の桐壺《きりつぼ》に部屋を与えられていたため、桐壺更衣《きりつぼのこうい》と呼ばれます。

しかしこの寵愛をほかの妃《きさき》たちが妬《ねた》み、嫌がらせを繰り返しました。しかも桐壺更衣の身分は高くなく、実家の後ろ盾もないも同然でした。平安時代の帝は后妃を身分に応じて愛すべきとされていたため、桐壺更衣は更衣の立場でありながら分不相応な扱いをされている、これでは政治が乱れるのではないかと、宮中の外からも批判されるほどでした。

それでも帝は更衣を愛し続け、更衣は光輝く玉のような男児を生みます。光源氏と呼ばれるようになるこの皇子は、生まれながらの美貌《びぼう》で、帝も格別に可愛《かわい》がりました。

後宮に渦巻く嫉妬の果てに幼くして母を失った光源氏

ところがこのために、ライバルの后妃たちはますます刺激されます。ことに右大臣の娘で、女御としてすでに第一皇子を産んでいる弘徽殿女御《こきでんのにょうご》は、わが子の地位がおびやかされるのではと、桐壺更衣とその皇子を憎悪しました。

更衣は心労を募らせ、病がちとなります。そして皇子が3歳の時、ついに世を去ってしまいます。帝は悲しみのため部屋に籠《こも》り、母の死をまだ理解できない幼い皇子が不思議そうにしている姿に、人々は涙するのでした。

光源氏誕生を巡る相関図

平安時代の帝は、后妃を身分に応じて寵愛することが求められたため、桐壺帝の更衣への寵愛は周囲の人からの批判を呼び、弘徽殿女御らほかの妃の嫉妬を買う。しかし帝は更衣を特別扱いし続け、ふたりの間には玉のように美しい皇子が生まれた。

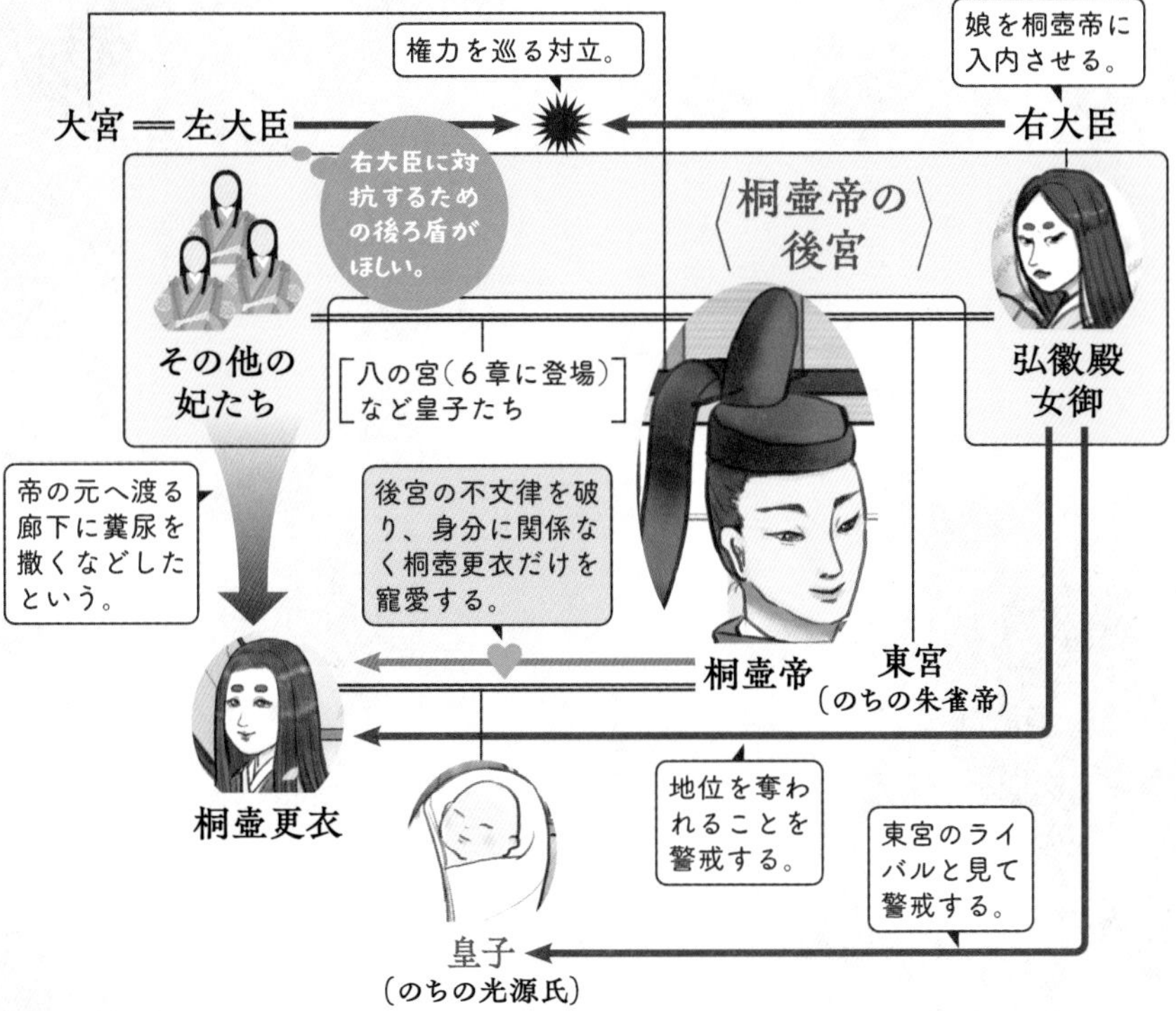

『源氏物語』でわかる！ 平安貴族の習慣

平安後宮の女性の身分

帝の妃たちは、出身の家柄によって位が決まっていました。頂点が正妻となる中宮（皇后）でした。これに続くのが皇族や大臣の娘がなる女御で、女御たちは中宮になるため競い合っていました。更衣はその下で、大納言クラスの貴族の娘がなりました。

平安時代の后妃の身分

帝の妃	皇后 中宮	中宮は皇后（正妻）と同資格を持つ后。女御からの昇格。元は皇后の別称であったが、一条天皇の時代以降、皇后と中宮とが並立するようになった。
	女御	中宮の次位。皇族や大臣の娘がなる。元は「嬪（ひん）」と同じだったが、のちに皇后に昇る前の地位となった。
	更衣	女御の次位。大納言以下の娘がなる。もとは天皇の着替えを担当する女官であったが、のちに寝所にも供奉するようになり、妃の待遇となった。

あらすじガイドライン

母を失った若君でしたが、その後、学問に抜きん出た才をも見せるようになりました。やがて光源氏と呼ばれるようになった彼は、亡き母によく似ているという女性に恋をします。しかし、それは愛してはいけない女性でした。

光源氏の少年時代

美しき義母を理想の女性として慕う
光源氏の恋愛遍歴が始まる

収録巻

第一帖「桐壺」

7つになった若君が学問を始めると、その聡明さに人々は驚きました。

帝は、そんな若君を親王にし、次の天皇（補佐役）にと考えます。しかし高麗《こま》の人相見に占いをさせたところ、「国の親（天皇）になると世が乱れる。しかし補佐役では合わない」という結果が出ました。

そこで帝は、心ならずも若君に「源《みなもと》」の姓を与えて臣下としました。光り輝くような美しさを持つことから、若君は「光る君」「光源氏」と呼ばれるようになります。

光源氏が直面した かなわぬ初恋と政略結婚

一方帝は、桐壺更衣の没後、悲しみに暮れる日々を送っていましたが、ある時、桐壺更衣にそっくりな女性・藤壺《ふじつぼ》を妃として迎え入れました。

光源氏は桐壺の面影を覚えていませんが、藤壺が母によく似ていると聞いて慕い、懐きます。そして成長するにつれて、藤壺を理想的な女性として思うようになるのでした。

藤壺を慕う光源氏ですが、元服と同時に、左大臣の娘の葵《あおい》の上《うえ》と結婚します。弘徽殿女御は右大臣の娘ですから、対抗する側に婿《むこ》入《い》りしたことになります。しかし葵の上はよそよそしく、お互いに馴《な》染《じ》めないままでした。

光源氏の藤壺への想《おも》いはふくらむ一方ですが、藤壺は帝の妃で、光源氏の義母にあたります。決してかなうことのない恋でした。

藤壺の入内と入内のシステム

帝に入内した妃たちはその身分によって寵愛を受ける頻度が厳格に定められていた。帝はその秩序を破り桐壺更衣を寵愛し、非難を浴びた。一方、新たに入内した藤壺は先帝の子であり、身分が高いため、過度の寵愛も非難されていない。

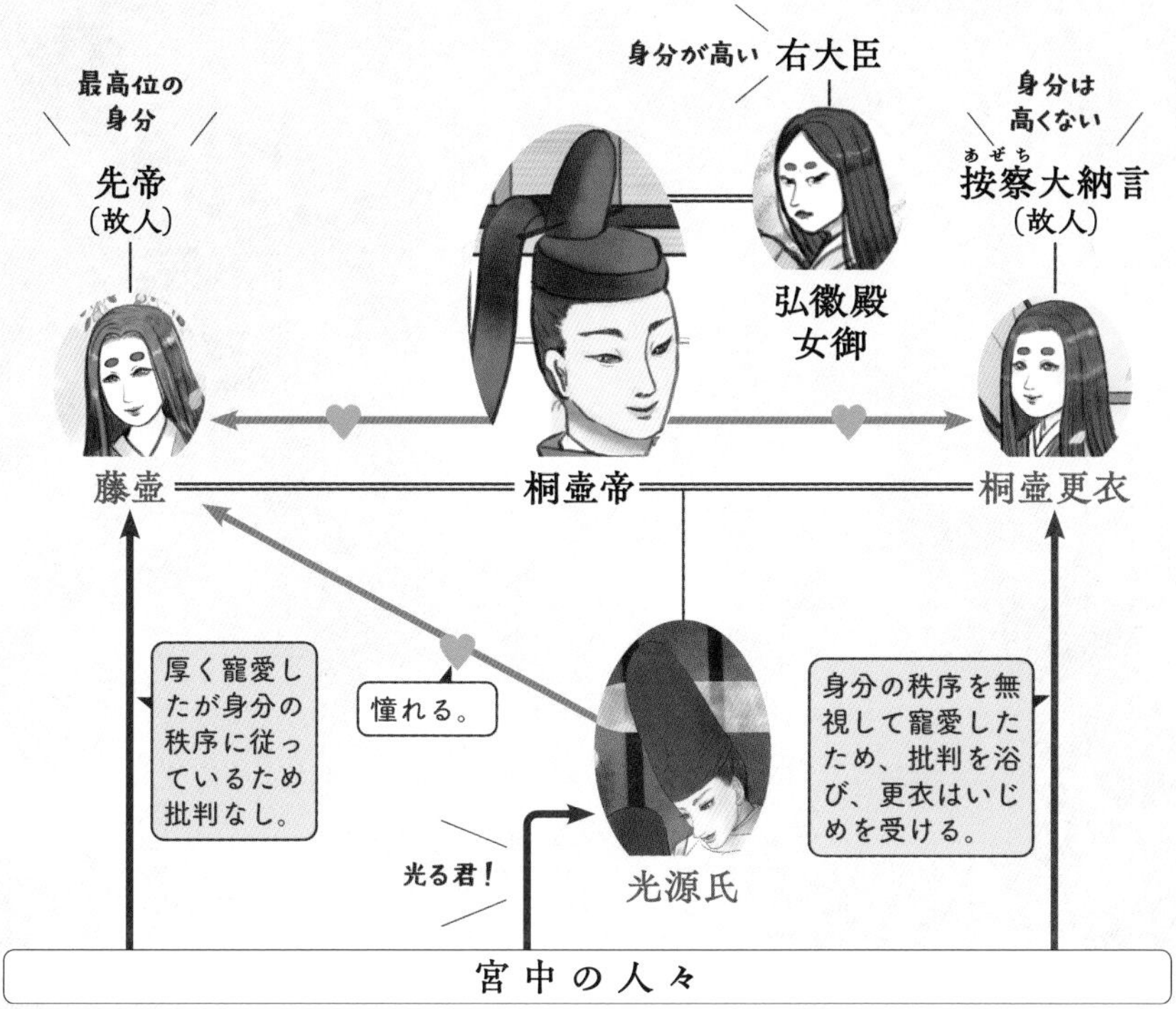

『源氏物語』でわかる！

平安貴族の習慣

平安貴族の服装

平安貴族の男性の正装は、冠をかぶり、袍《ほう》という上着をまとい、後ろに引きずるほど長い裾のついた下襲《したがさね》を穿く「束帯《そくたい》」です。

一方、女性の正装は、「女房装束」「裳《も》唐衣《からぎぬ》」と呼ばれるもので、「十二単《じゅうにひとえ》」は俗称です。袴を着けた上に単《ひとえ》・袿・打衣《うちぎぬ》・表着《うわぎ》を着て裳、唐衣を着用しました。

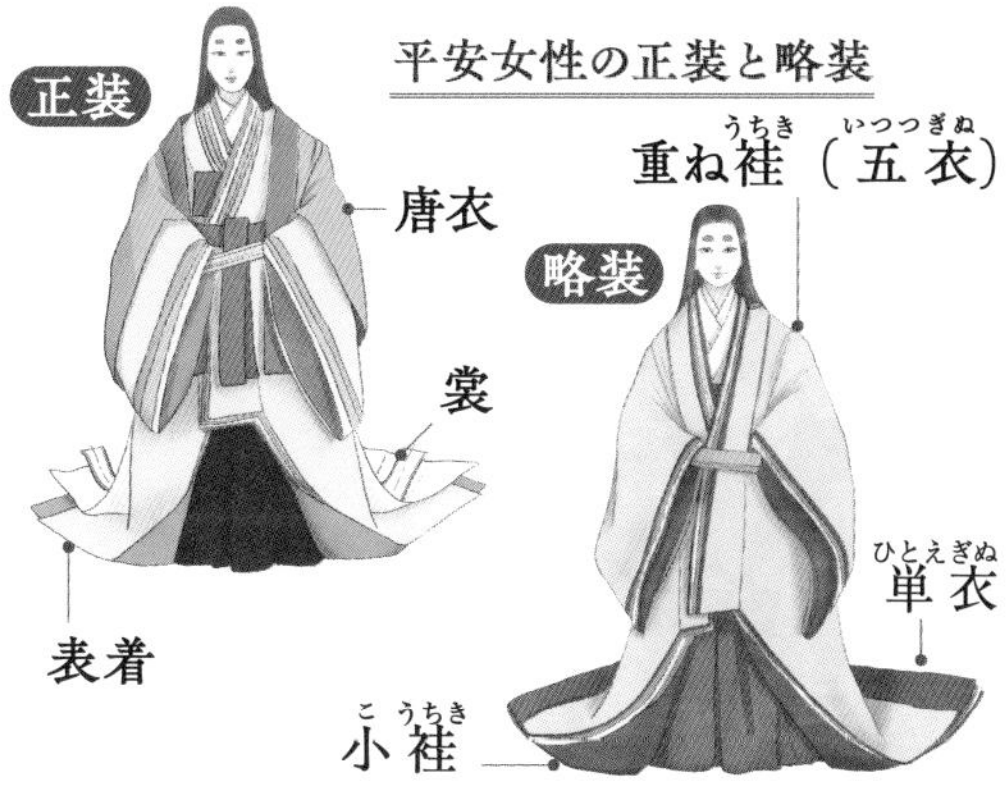

雨夜の品定め

光源氏の恋に大きな影響を及ぼした友人との女性談義

収録巻

第二帖「帚木」

あらすじガイドライン

友人たちと恋愛談義に興じた光源氏は、「中《なか》の品《しな》の女」との恋に興味を惹《ひ》かれました。その翌日、たまたま出かけた先で、まさにそのような女性と出逢い一夜の契りを交わします。光源氏の恋愛遍歴の始まりです。

五月雨《さみだれ》の夜、17歳になった光源氏が宮中で宿直勤務をしていると、親友の頭中将《とうのちゅうじょう》らがやってきました。

頭中将は葵の上の兄で光源氏の義兄にあたるのですが、気のおけない友人でよきライバルでもあります。そこへ左馬頭《さまのかみ》、藤式部丞《とうしきぶのじょう》のふたりも加わり、男性4人は、恋愛談義を繰り広げますが、さかんに女性経験を語る3人に対し光源氏はもっぱら聞き役です。

頭中将は逢瀬《おうせ》を重ねて子供もできたのに、行方の知れない「常夏《とこなつ》の女」の話を語りましたが、光源氏は上の空で聞いていました。しかしそうしたなかで、左馬頭が言い出した「中《なか》の品《しな》の女」との恋には興味を抱きました。「中の品の女」とは、家柄はよいものの、零落して中流階級となっている女性のことです。

するとその翌日、光源氏はまさに中流の女性を見つけて恋をしたのです。

美しい人妻とのアバンチュールの行く末

その女性は、宮仕えを期待されながら父親を早くに亡くし、老いた受領《ずりょう》の後妻となった空蟬《うつせみ》という女性でした。光源氏は方違えのために訪ねた紀伊守《きのかみ》邸で紀伊守の父親である伊《い》予介《よのすけ》の若き後妻・空蟬を見かけると、強引に部屋に入り込み、一夜の契りを結んだのです。

空蟬は驚くものの、光源氏の若さと美しさに心惹かれます。それでも、身分が違うことに気おくれするのでした。

◆ 雨夜の品定め—若き光源氏の恋愛対象が決まる ◆

頭中将、左馬頭、藤式部丞が語った女性観と「中の品の女」の話は、光源氏の恋に大きな影響を与えることとなる。

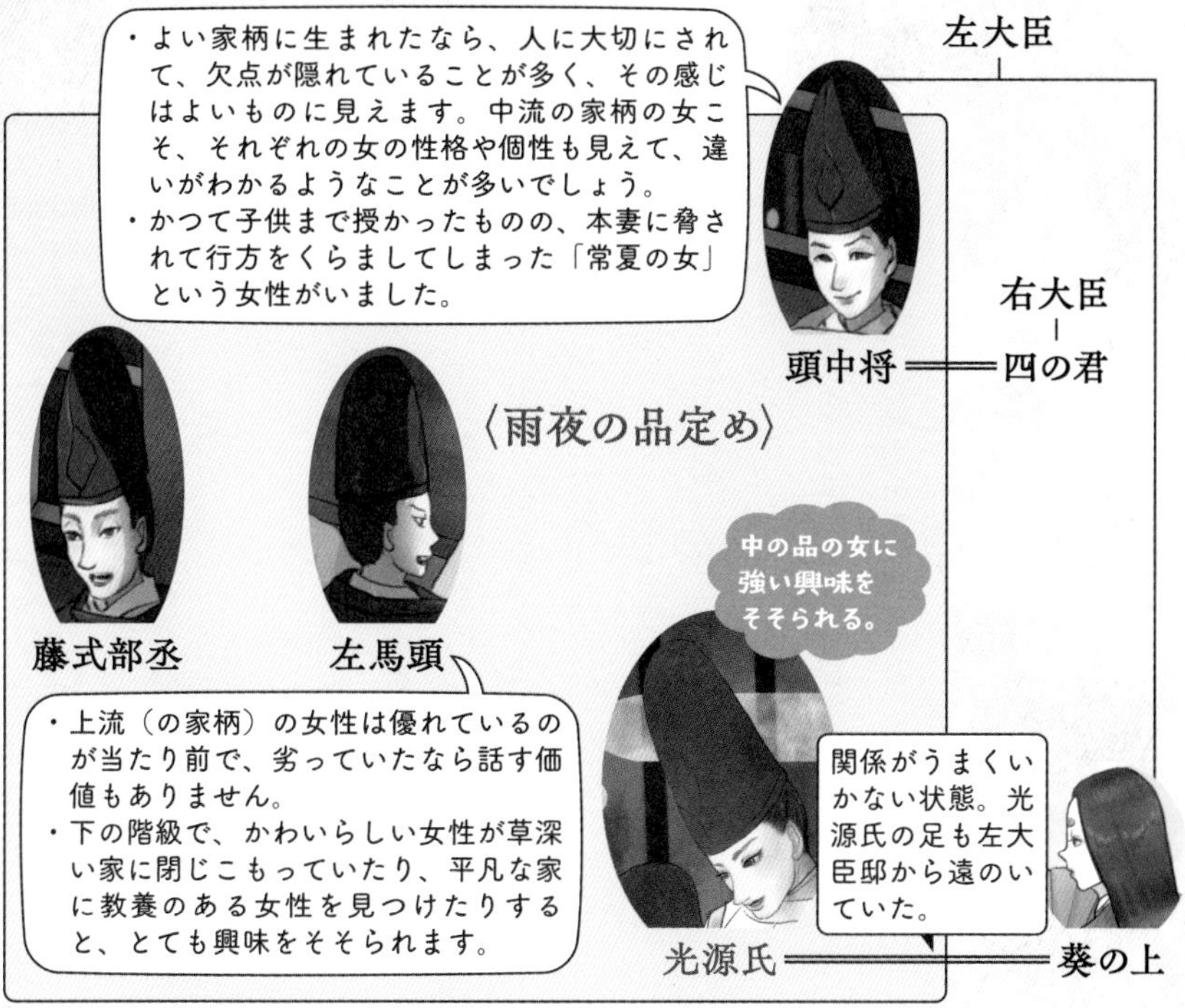

『源氏物語』でわかる!

平安貴族の習慣

平安時代の美醜

平安美人の条件は、まず髪。長く艶やか、真っ直ぐな黒髪が理想で、現代のヘアピースのようなつけ毛もありました。目は切れ長で、鼻は小さめのかぎ鼻、口元は小さく引きしまって、下ぶくれの丸顔が美人の典型とされます。また、スタイルは小柄で、ややふくよかな体型が魅力的とされました。

平安時代の美女の条件

あらすじガイドライン

一夜を共にした空蝉でしたが、その後は光源氏を拒み続けます。思慮深い彼女は、身分の違いや自分が夫ある身であることを考えたのです。諦《あきら》めきれない光源氏は、再び空蝉の部屋に忍び込みますが、そこにいたのは別の女性でした。

最初の失恋

身分違いの恋から衣を残して逃げた空蝉
光源氏は最初の失恋を経験する

収録巻
第三帖「空蝉」

光源氏は、また空蝉と会いたいと思い、空蝉の弟の小君《こぎみ》を手なずけて手紙を届けさせます。しかし空蝉からは何の返事もありません。「この私が拒否されるなんて」と、光源氏は初めての失恋に涙を流しました。

身代わりの女性と関係を持った光源氏

諦めきれない光源氏は、紀伊守《きのかみ》邸を訪れると、義理の娘の軒端荻《のきばのおぎ》と碁を打っている空蝉を垣間《かいま》見ます。空蝉はほっそりして特に器量よしとはいえない容貌《ようぼう》でしたが、たしなみ深く好ましい様子をしています。

それに対して軒端荻は、若くて肉づきがよく、やや品に欠けるものの空蝉とは違った魅力がありました。

その夜、光源氏は再び空蝉の部屋に忍び込みましたが、気配を察した空蝉はそっと逃げてしまいました。

かたわらで眠っていた軒端荻は、何も知らず寝所に取り残されています。

そこへやってきた光源氏。寝所にいる女性が空蝉ではないことに気が付きますが、美しい軒端荻が相手なら……と思い直し、一夜を共にするのでした。

しかし翌日、光源氏は空蝉が残した衣を持ち帰る一方、軒端荻に対して後朝《きぬぎぬ》の手紙は送らず、二度と訪ねようとはしませんでした。

空蝉はこの後も光源氏に会うことなく、夫に従って伊予国に去って行きます。

空蟬との恋―光源氏を拒んだ中の品の女

光源氏は方違えで立ち寄った紀伊守邸にて、中の品の女の条件にぴったりの女性空蟬と出逢う。光源氏は熱心に愛を捧げるが、空蟬は身分の違いに臆し、逃げてしまうのだった。

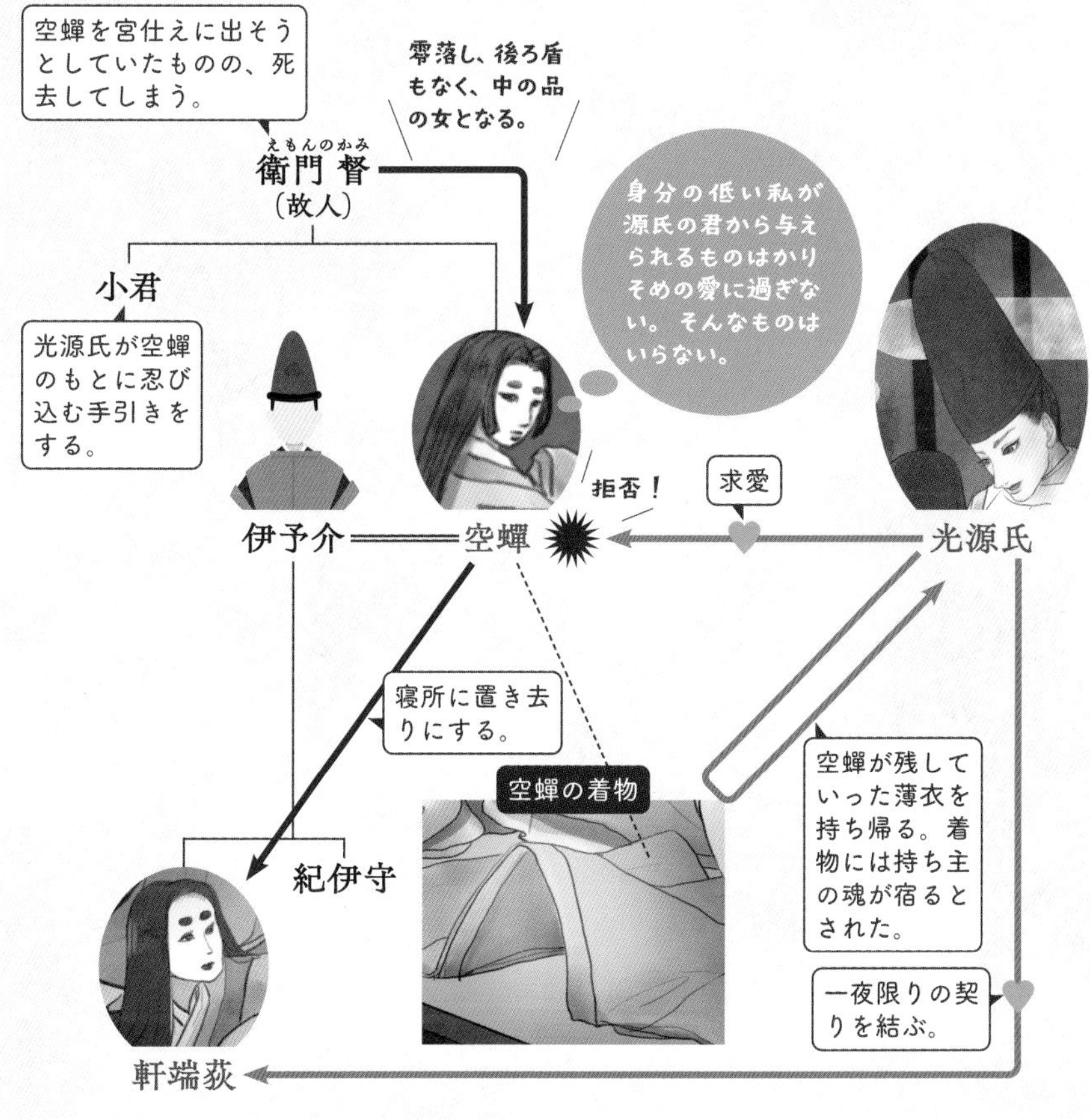

『源氏物語』でわかる！

平安貴族の習慣

手紙によって愛情を深め、相手のセンスを測った平安貴族

貴族の女性はめったに家から出ることがなく、男女が自由に会うなどできませんでした。

そこで思いを伝える唯一の手段が手紙です。男女どちらも歌を詠んで記すのはもちろんのこと、用紙や墨の色まですべてがセンスの見せどころとなり、草木に結んだりもしました。

一方女性の側では、身近で仕える乳母や手紙に慣れた母親が、婿にふさわしい男性か品定めするために代筆することもありました。

あらすじガイドライン

空蟬との失恋ののち、光源氏は、京の町なかにひっそりと住む謎めいた女性・夕顔《ゆうがお》に夢中になります。光源氏は自分の邸に引き取ろうかと思うほどでしたが、ある夜、突如現れた怪異によって、ふたりは引き裂かれてしまいます。

夕顔との悲恋

光源氏と結ばれるも、廃院で物の怪に命を奪われた謎多き女性

収録巻

第四帖「夕顔」

光源氏には、亡き前東宮《とうぐう》（皇太子）妃の六《ろく》条《じょうの》　御息所《みやすどころ》という愛人がいました。

ある日、その六条御息所のもとを訪れようとした光源氏は、その途中で夕顔の咲いている小さな家を目にしました。

そこで花を所望したところ、「心あてにそれかとぞ見る白露の光そへたる夕顔の花」という歌を記した白い扇とともに届けられました。

光源氏は、その風流な女主人・夕顔を気に入り、通うようになります。一方で夕顔のことを調べさせますが、はっきりしません。それでも、無邪気さと大人っぽさを併せ持つ夕顔の不思議な魅力に、光源氏はのめり込んでいきました。

夕顔の枕元に出現した廃院の怪

秋のある夜、光源氏は夕顔を古びて荒れ果てた院に連れ出して愛し合います。

そのまま一緒に寝ていると、光源氏の夢に女の物《もの》の怪《け》が現れ、「こんな女をかわいがるとは」と、夕顔を引き起こそうとするではありませんか。

驚いた光源氏は、太刀を抜いて枕元に置くと、侍女の右近《うこん》を起こし、従者たちに物の怪を追い払うことを命じました。しかし夕顔は、命を吸われたかのように息絶えていたのです。

その後、夕顔は頭中将が語った「常夏の女」であることが判明したのでした。

地図と相関図でわかる光源氏と夕顔の恋

ある日、六条御息所のもとへ向かう途中、光源氏は正体を明かそうとしない女性・夕顔と出逢う。その謎めいた女性に光源氏は夢中になっていった。

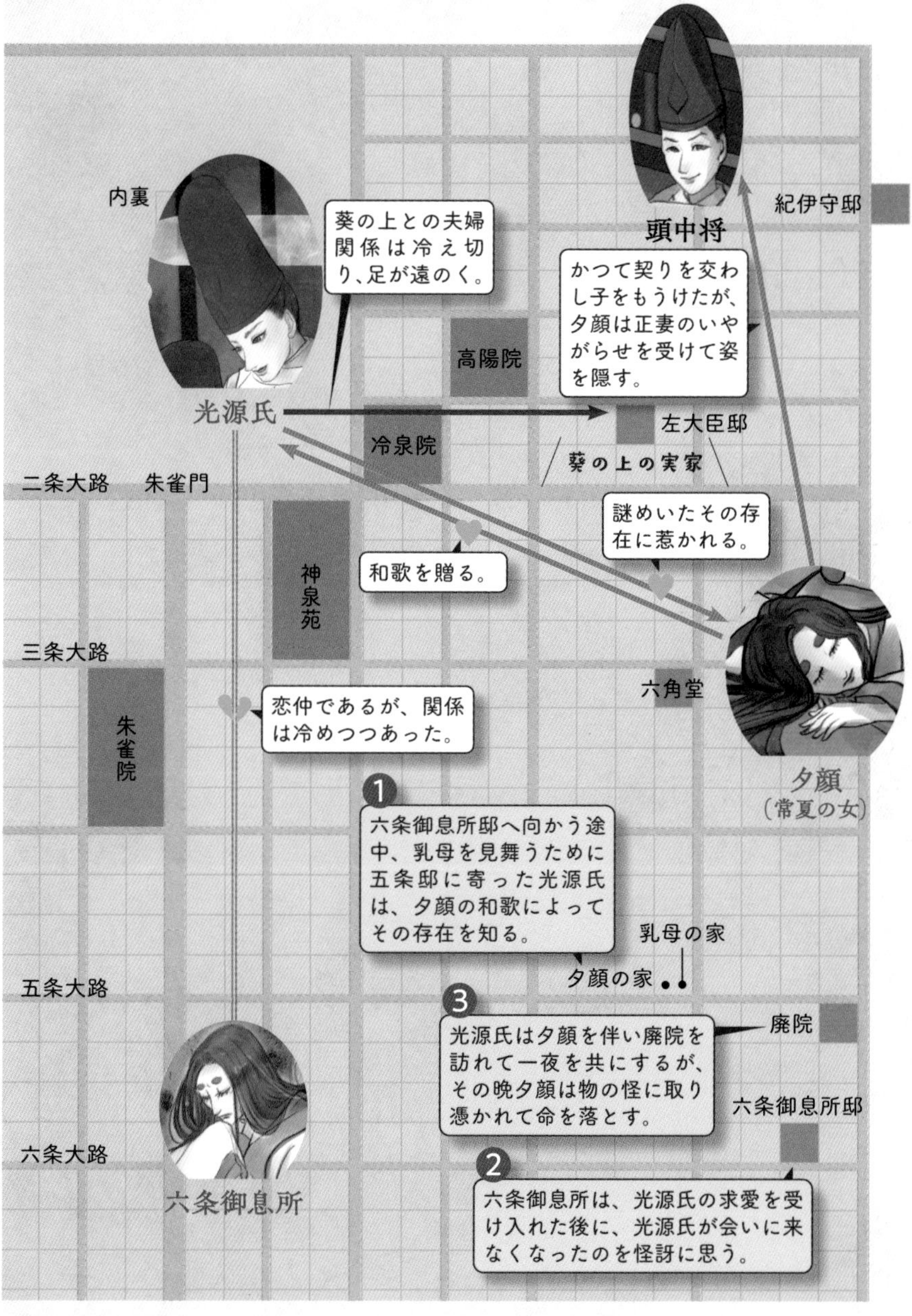

第2章

恋に苦悩する光源氏

——藤壺への恋に悩む光源氏

年表で眺める『源氏物語』第２章

光源氏の年齢	巻名	できごと	巻名	できごと
18	若紫《わかむらさき》	・春３月、光源氏、瘧病《わらわやみ》にかかり、北山で若紫（紫の上）と出逢う。 ・夏、光源氏、藤壺《ふじつぼ》と密通する。 ・６月、藤壺が懐妊する。 ・冬、光源氏、若紫を二条院に引き取る。	末摘花《すえつむはな》	・秋、光源氏、末摘《すえつむ》花《はな》と出逢う。 ・冬、光源氏、末摘花の容貌に驚く。
	紅葉賀《もみじのが》	・冬 10 月、朱雀院《すざくいん》行幸。		
19	紅葉賀《もみじのが》	・春２月、藤壺が皇子（冷《れい》泉帝《ぜいてい》）を出産する。 ・秋７月、藤壺が立后し、光源氏が宰相となる。		
20	花宴《はなのえん》	・春２月、南殿の花宴。光源氏、朧月夜《おぼろづきよ》と出逢う。 ・春３月、光源氏、藤の宴で朧月夜と再会する。		
(21)		・桐壺帝《きりつぼてい》が譲位し、朱雀帝が即位。藤壺の生んだ皇子が東宮《とうぐう》（冷泉帝）となる。		
22	葵《あおい》	・夏４月、葵《あおい》の上《うえ》方と六条御息所《ろくじょうのみやすどころ》方との車の所争いが起こる。 ・秋８月、葵の上、夕霧《ゆうぎり》を出産後急死する。 ・冬、光源氏、紫の上と新枕《にいまくら》を交わす。		
	賢木《さかき》	・六条御息所、伊勢へ下る。		
23	賢木《さかき》	・冬 11 月、桐壺院が崩御する。		
24	賢木《さかき》	・冬 12 月、藤壺が出家する。		
25	賢木《さかき》	・夏、光源氏と朧月夜の密会が露見する。	花散里《はなちるさと》	・夏５月、光源氏、花散里《はなちるさと》を訪問する。
26	須磨《すま》	・春３月、光源氏、須磨へ退去する。		

『源氏物語』のあらすじ
―「若紫」から「須磨」まで

6つの場面でわかる!

空蟬、夕顔との悲恋を経た光源氏は、ついに憧れの女性・藤壺との逢瀬《おうせ》の時を迎えます。しかしその代償は光源氏の人生を狂わせるほど大きなものでした。

其の3
末摘花
噂の姫君・末摘花と逢瀬を遂げた光源氏だが、その姿に衝撃を受ける。
(▶P.38)
光源氏
末摘花
其の4
車の所争い
葵の上
賀茂の新斎院御禊の日、鉢合わせた葵の上と六条御息所の従者たちが衝突。牛車を追いやられた六条御息所は恨みを募らせる。
(▶P.42)
六条御息所
其の5
六条御息所との別れ
六条御息所
斎宮となった娘とともに伊勢へ下る決意をした六条御息所に、光源氏は榊を差し出し歌を交わす。
(▶P.48)
其の6
朧月夜との密会
朧月夜
藤壺を求めて宮中をさまよう光源氏は、朧月夜の晩に出逢った謎の女性と密会を続ける。
(▶P.50)

あらすじガイドライン

藤壺《ふじつぼ》への思いに苦しみつつ、いくつもの恋をする光源氏ですが、最愛の女性とついに出逢います。ところが光源氏が心奪われたその女性は、まだ10歳くらいの少女。光源氏はその少女を引き取って理想の女性に育て、それから妻にしたいと考えます。

若紫との出逢い

光源氏は藤壺の面影を受け継ぐ少女に心奪われ、二条院へ引き取る

病を患った18歳の光源氏は、療養のために北山《きたやま》の寺を訪れます。ある僧坊をのぞくと、愛らしい少女が上品な尼君のもとに駆け寄って来るのが見えました。少女は、伏籠《ふせご》の中に入れておいた雀《すずめ》の子を、遊び相手の子が逃がしてしまったと尼君に訴えています。

光源氏は、いかにも子供っぽいその少女から目をそらすことができず、自分でも不思議に思います。そして少女が、藤壺によく似ていることに気がつきました。

実はその少女・若紫《わかむらさき》は藤壺の姪《めい》で、母を早くに亡くしたため、祖母である尼君に育てられていたのです。光源氏は、少女を引き取って養育したいと尼君に申し出ますが、幼すぎるからと断られます。

盗み出すように二条院に連れ帰る

京に戻った光源氏は、久しぶりに葵の上のもとを訪れます。しかし葵の上は冷淡な態度を取るばかりで、光源氏はつい若紫のことを思ってしまうのでした。

北山の寺では病がちだった尼君が亡くなり、父親の兵部卿宮《ひょうぶきょうのみや》が若紫を引き取ることになりました。これを知った光源氏は焦り、若紫を盗み出すようにして自分の邸・二条院《にじょういん》に連れ帰ってしまいます。

不安で震えていた若紫ですが、光源氏は人形遊びの相手までして機嫌を取ります。やがて若紫も光源氏になつくようになりました。

収録巻

第五帖「若紫」

どうして若紫を手に入れたい光源氏

光源氏は北山で出逢った少女・若紫の美しさに衝撃を受け、理想の女性に育てたいと願う。彼女は兵部卿宮の娘で、藤壺の姪でもあった。

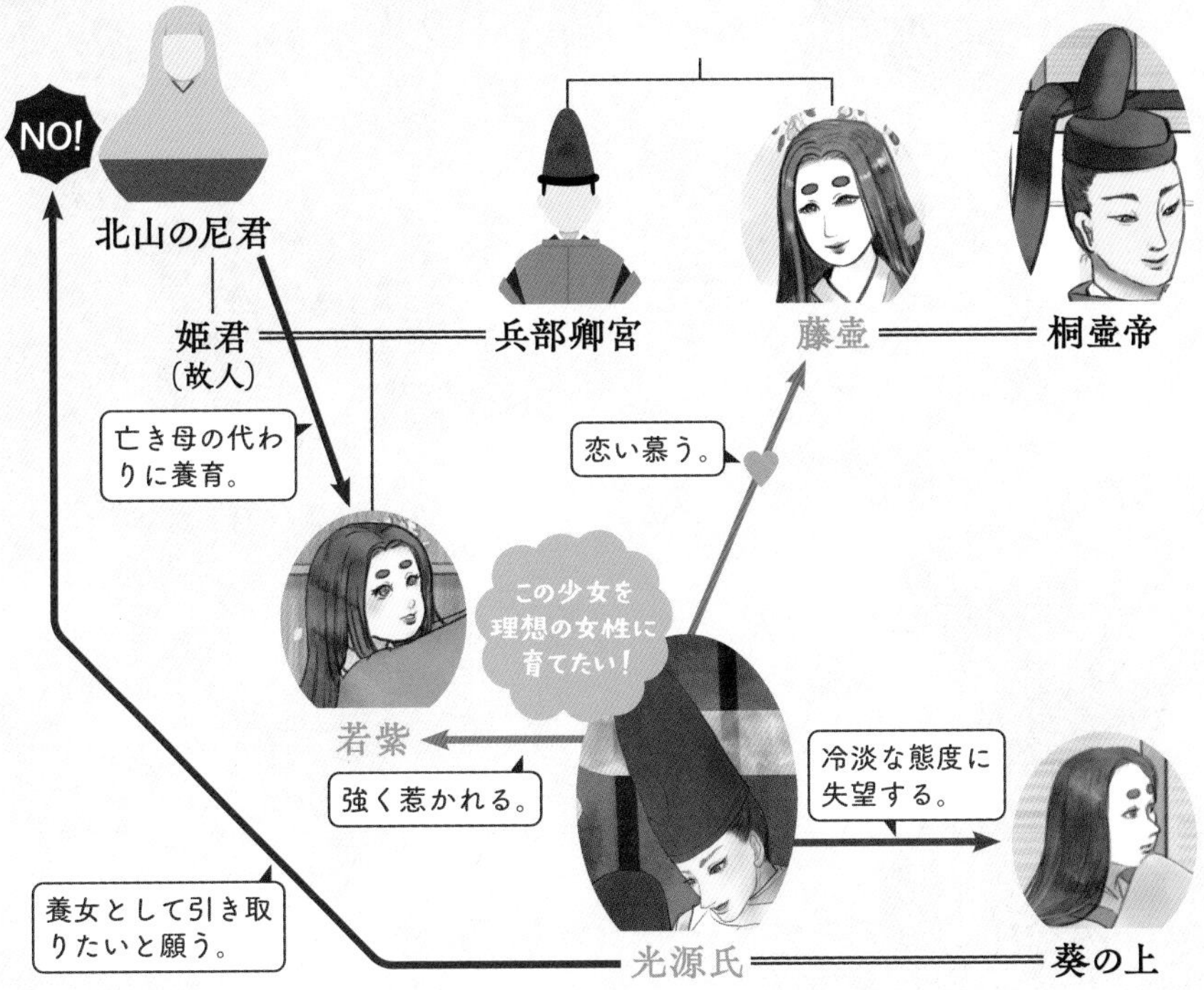

『源氏物語』でわかる！

平安貴族の習慣

平安キッズの服装

平安時代の子供は、男女どちらも３歳くらいまで髪をのばしませんでした。その後、男児は髪を真ん中分けにして首の後ろで束ねる髪型にし、女児は長くたらすのが一般的でした。男児の衣は脇を縫わずに仕立てた袍《あわせ》や狩衣《かりぎぬ》で、女児の衣は腰までの丈で袖口《そでぐち》の広い衵《あこめ》。

どちらも動きやすいのが特徴です。こうした子供のファッションを「童姿」と呼びました。

あらすじガイドライン

光源氏が若紫と出逢った頃、藤壺は体調を崩して実家へ下がっていました。これを知った光源氏は藤壺のもとへ行き、女房の手引きで寝所に入り込みます。光源氏にとっては、慕い続けた人との一夜でしたが、これがふたりを苦しめる事態を引き起こします。

禁断の恋

藤壺との夢のような逢瀬の先に待ち受ける過酷な運命

成人した光源氏は、藤壺と言葉を交わすこともできず、御簾《みす》ごしに気配を感じるのがせいぜいです。そうしたなか、光源氏は藤壺が体調を崩し里下がりしたことを耳にします。宮中を離れた今こそ、唯一の機会でした。

光源氏は王命婦《おうみょうぶ》という女房に手引きを頼み、藤壺の寝所に忍び込むことに成功します。

そこから先の寝所でのできごとは、『源氏物語』では描写されていませんが、ふたりが交わした歌によって、光源氏の思いが遂げられたことがわかります。

この時、藤壺は以前「心外だったこと」があったとしています。それが逢瀬を示すのなら、今回は二度目の逢瀬ということになりますが、現存する『源氏物語』には、一度目の逢瀬の場面はありません。

散逸して失われた巻などに、その場面があったのではないかともされましたが、証明する手立てはありません。

自分の子が生まれると喜ぶ帝、苦悩する藤壺

藤壺は、これが人に知られるのではないかと苦しみます。しかもこの逢瀬によって、藤壺は懐妊。帝の妃でありながら、光源氏の子を宿してしまったのです。もしこれが露見したら、世をゆるがす大問題となります。

桐壺帝は、愛する藤壺が懐妊したのを喜びますが、藤壺は良心の呵責《かしゃく》にさいなまれ、光源氏からの便りにも返事を書かないのでした。

収録巻

第五帖「若紫」

結ばれてしまった義母と子

光源氏は藤壺が里下がりした隙《すき》を突いて強引に逢瀬を迫り、想いを遂げてしまう。

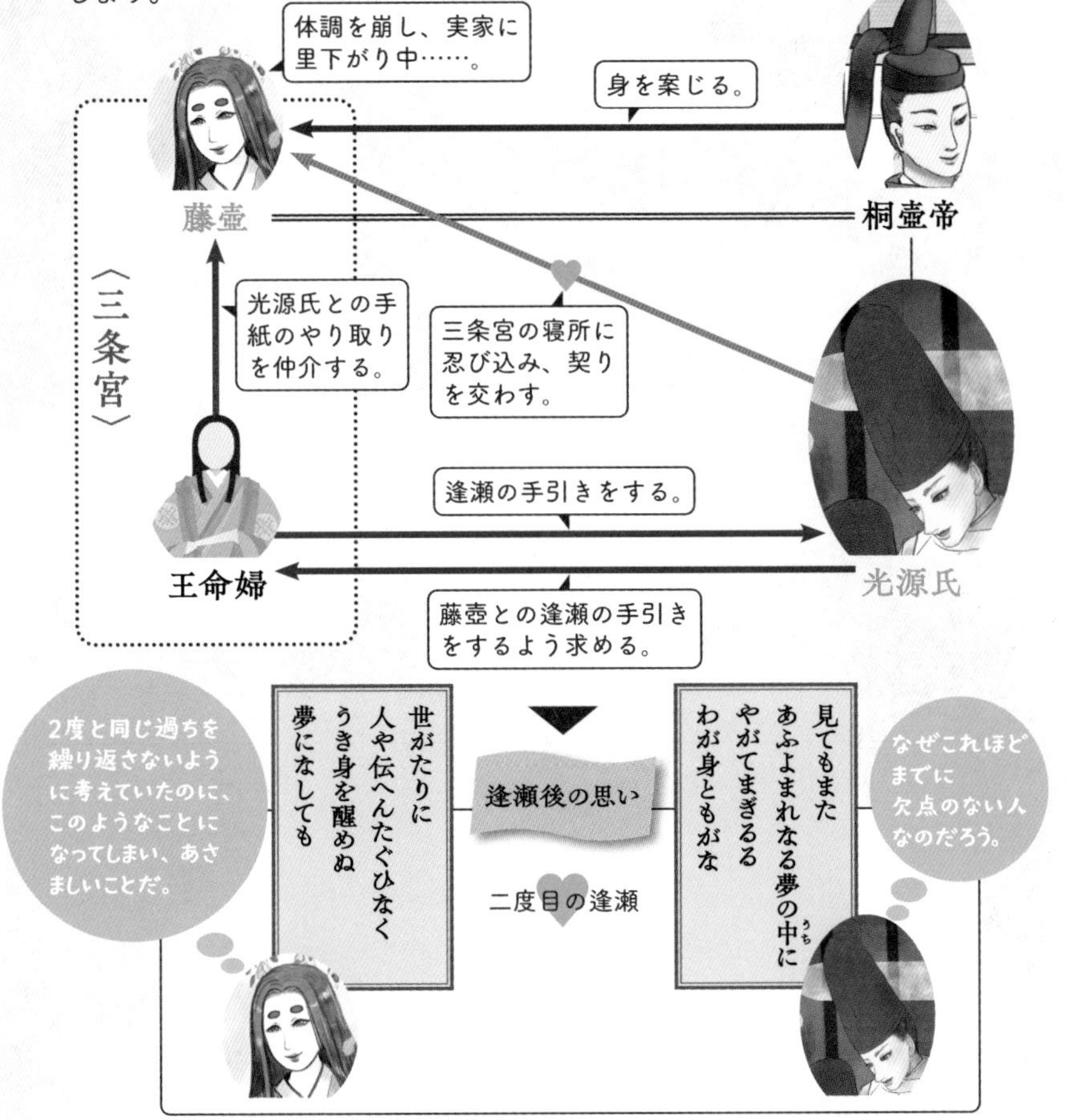

『源氏物語』でわかる！

平安貴族の習慣

逢瀬の翌朝のしきたり ～後朝《きぬぎぬ》の別れと手紙

男女が一夜を共にした翌朝、男性は寝坊してしぶしぶ身支度を整え、名残惜しそうに去るのがマナーでした。

これが、もっと一緒にいたい、本気だというアピールになるのです。『枕草子』において、清少納言《せいしょうなごん》は早起きしてきびきび出て行く男性は、風情がないと批判しています。

さらに忘れてならないのが、後朝の手紙。自分の家に帰ったら、歌をしたためてすぐさま女性に送る習慣があり、これをしなければ、大変な失礼と見なされました。

末摘花

噂に引き寄せられた光源氏は、深窓の姫君の意外な姿に驚愕させられる

あらすじガイドライン

若紫との出逢い、藤壺との逢瀬と前後して、ひっそり暮らす哀れな姫君・末摘花を巡り、光源氏と頭中将との間に恋の争奪戦が行なわれています。しかし、そこには光源氏も予想しなかった結末が待っていました。

収録巻

第六帖「末摘花」

高貴な姫君が、両親を亡くして頼る者もなく、心細い思いで暮らしているという噂《うわさ》を聞いた光源氏は、期待に胸をふくらませます。

しかもその姫君は、皇族の楽器である琴《きん》の琴《こと》を奏でるというではありませんか。

その屋敷を訪ねて、琴の音色を立ち聞きした光源氏ですが、頭中将《とうのちゅうじょう》が跡をつけて来ていました。ふたりは対抗意識を燃やし、せっせと姫君に恋文を送りますが、どちらも返事をもらえません。互いに牽制《けんせい》し合っているうちに、姫君への思いは燃え上がります。

奥ゆかしいにもほどがあるとしびれを切らした光源氏は、頭中将を出し抜いてやっと姫君と一夜を共にします。しかし姫君は無口なのか会話は続かず、歌も返してくれません。

美しいのは髪だけ？　光源氏も衝撃を受けた姿

しばらくぶりに訪れたその翌朝、雪明かりの中で姫君の風貌を見た光源氏は驚愕《きょうがく》します。広すぎる額、長い顔、象のような長い鼻で、当時の美人の基準とは何もかもかけ離れています。スタイルは角張り、衣服のセンスもありません。ただ、髪だけは黒く長くふさふさして、美人の条件を満たしていました。

さらには性格も不器用で、手紙に返事をしなかったのも歌を作れなかったからなのです。それでも光源氏は、この末摘花《すえつむはな》に憐れみを覚え、品物を送るなどして生活を支援し続けたのでした。

末摘花を巡る相関図

頭中将との競争の末に末摘花への想いを遂げた光源氏は、末摘花の姿を見て絶句する。

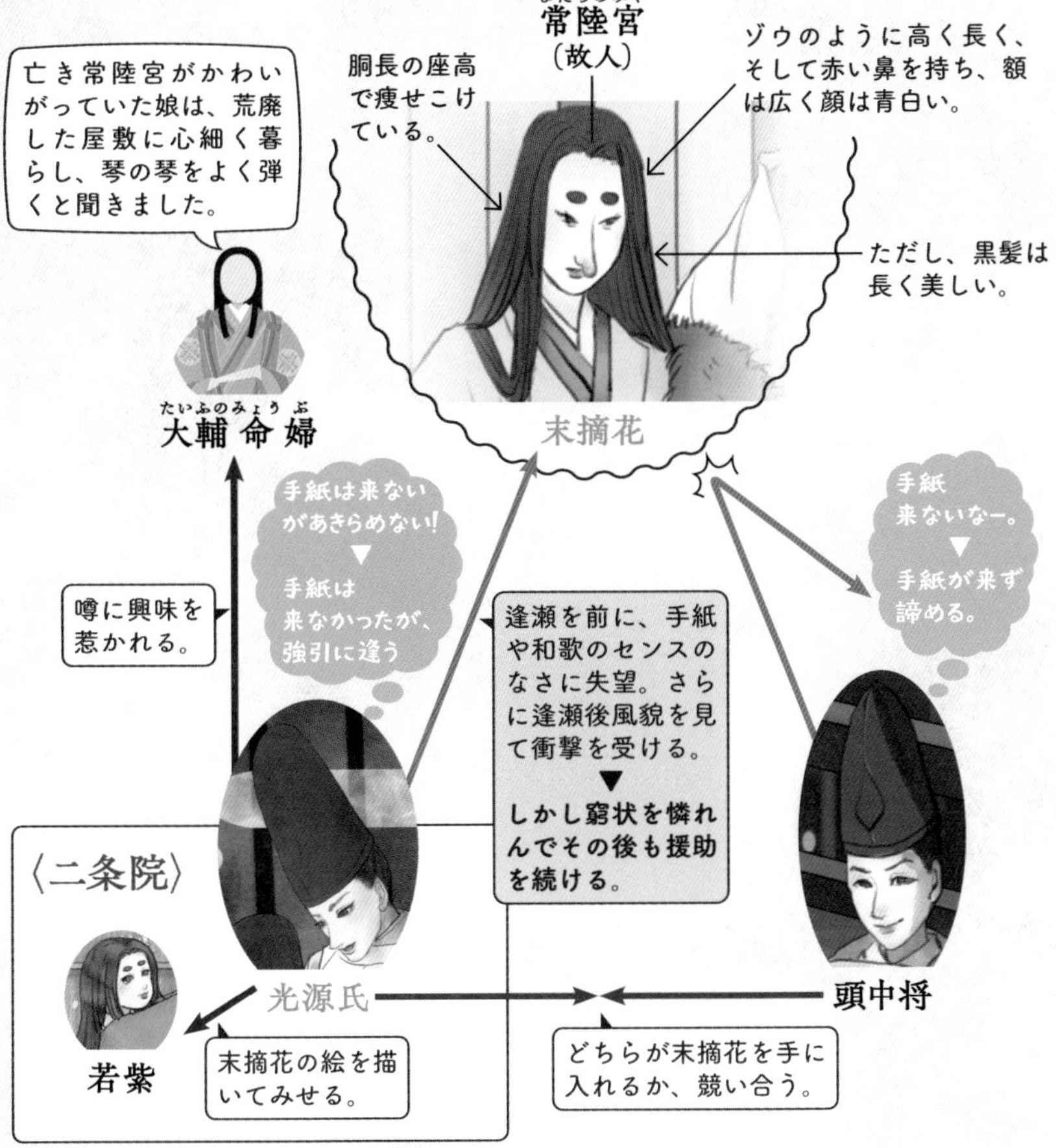

『源氏物語』でわかる!

平安貴族の習慣

平安女性のしつけ

女性の嗜みとして何より必要なのは、歌を詠むことです。

会話や手紙の中で、その場にふさわしい歌を詠んだり、有名な歌を引用したりすることが教養の証《あか》しでした。

美しい文字を書くための手習いも行い、有名な歌を書き写しながら覚えたりしました。

楽器を演奏して客人に聞かせ、合奏することも求められました。

これらが満足にできなくては、立てられる噂も芳しいものではなく、よい結婚相手を得ることはできませんでした。

あらすじガイドライン

光源氏が頭中将とともに試楽で舞った「青海波《せいがいは》」の素晴らしさは人々を感動させ、藤壺も珍しく光源氏に返歌を贈るほどでした。その後藤壺は、予定日から2ヶ月も遅れて皇子を出産します。これが光源氏と藤壺の新たな苦悩の始まりとなりました。

藤壺の出産

光源氏と瓜ふたつの皇子の誕生に、藤壺は恐怖に震える

収録巻

第七帖「紅葉賀」
第八帖「花宴」

桐壺帝の行幸《ぎょうこう》のための試楽《しがく》が宮中でも行なわれ、光源氏は頭中将とともに波模様の衣をまとって「青海波《せいがいは》」を舞いました。頭中将も優れた貴公子ですが、光源氏に比べるとどうしても引き立て役になってしまいます。

光源氏の姿はこの世のものとは思えぬほどで、人々はもちろん、帝までがわが子の舞いに感動して涙をぬぐいます。ただ弘徽殿女《こきでんのにょう》御《ご》だけは、「神が魅入りそうで不吉だ」と憎らしそうに口にしていました。

秘密にしなければならない罪の子の誕生

藤壺は、出産予定日となっても産気づきません。これは帝の子ではなく、宮中を離れて里下がりしているときに光源氏との密通によってできた子だからです。

出産の遅れがあまりに長引き、世間の人までがどうしたことかと騒ぎ出しました。そして予定より2ヶ月も遅れて、ようやく皇子が誕生したのです。

その子は光源氏にそっくりで、藤壺は過ちが帝に知られるのではと恐れます。しかし帝は意に介さず、美しいものは似ているものだと自ら抱いて可愛《かわい》がるので、光源氏も藤壺も、いたたまれない思いにとらわれるのでした。

帝は、この皇子をいずれ東宮《とうぐう》にと考え、藤壺を中宮に立てました。光源氏も宰相となりましたが、ますます藤壺に逢うことができなくなったことをつらく思うのでした。

藤壺の皇子誕生と朧月夜との出逢い

藤壺の出産後、藤壺に会うことができない光源氏は、花の宴の後、朧月夜に出逢い恋心を燃え上がらせた。

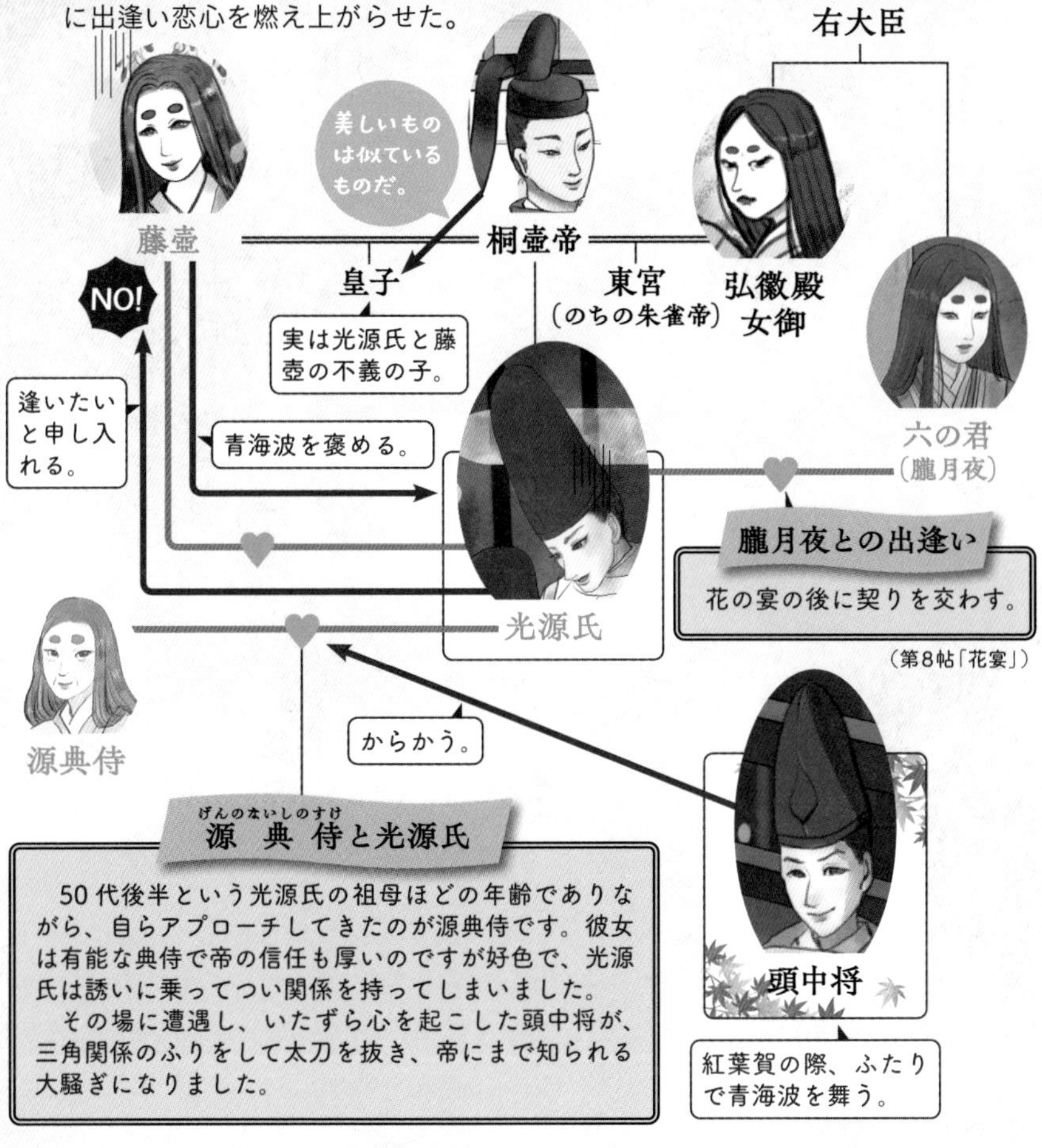

『源氏物語』でわかる！

平安貴族の習慣

平安時代の舞踏

光源氏と頭中将が華麗な舞を披露した「青海波」。舞は神に捧げる神事で、豊穣を祈るものとして始まりました。

平安時代になると、舞踏は遊びの要素が強くなり、宮中でも民間でも多くの演目が生まれました。

中国から伝わった唐楽《とうがく》、朝鮮半島から伝わった高麗楽《こまがく》もあり、きらびやかな衣裳も見どころでした。

集団で地面を踏み鳴らして歌い踊り、豊穣を祈る踏歌は、男踏歌《おとことうか》、女踏歌《おんなとうか》として、宮廷の正月行事である「踏歌節会」となりました。

あらすじガイドライン

藤壺の出産から２年。桐壺帝は退位して朱雀帝《すざくてい》が即位しました。そうしたなか、光源氏の正妻・葵《あおい》の上《うえ》が懐妊。一方光源氏が長年の愛人としてきた六条御息所《ろくじょうのみやすどころ》は、光源氏との別れを決意していました。このふたりの女性の運命が、思わぬ形で交錯します。

車の所争い

正妻と愛人――。光源氏を巡るふたりの女性が賀茂の新斎院御禊の日に衝突する

収録巻
第九帖「葵」

朱雀帝の祖父は、光源氏を追い落とそうとする右大臣で、母は光源氏を憎悪する弘徽殿女御です。

藤壺の子は東宮《とうぐう》となり、光源氏はその後見役として大将になったものの、右大臣方の権勢は圧倒的です。

そうしたなか、光源氏と葵の上の仲にも変化が訪れます。結婚9年目にして、葵の上が懐妊したのです。これまでよそよそしい関係だった夫婦ですが、光源氏は喜び、葵の上が不安そうにしている様子を愛《いと》しく思います。

一方、自分と光源氏との仲が冷え切っていることを痛感していた六条御息所は、京を去ろうと考えていました。しかし、ここで不幸な出来事が起こってしまいます。

打ち砕かれた六条御息所のプライド

賀茂の新斎院《しんさいいん》御禊《ごけい》の行列に光源氏が加わると知った六条御息所は、その姿をひと目見ようと牛車《ぎっしゃ》で出かけました。ところがそこに、葵の上の牛車もやって来たのです。

葵の上は左大臣の娘で、従者たちはそれをかさに着てあたりの牛車を押しのけ、車を割り込ませます。そして六条御息所の従者たちと争いになったあげく、六条御息所の車は奥に押しやられてしまったのです。

六条御息所は、亡くなった先の東宮妃だった高貴な女性です。それがこのような屈辱を受けて、苦悩を深めることとなりました。

車の所争い―葵の上 vs. 六条御息所

冷え切っていた光源氏との仲が懐妊によって良好な関係に変わろうとしていた葵の上と、関係が遠のきつつあった六条御息所。大きな転機を迎えたふたりの女性の運命が賀茂の新斎院御禊の日に交錯する。

車の所争い

賀茂の新斎院御禊の日、光源氏を見に来た葵の上と六条御息所の間で、牛車を停める場所を巡って両者の従者同士が争いを始め、六条御息所の牛車が追いやられてしまう。

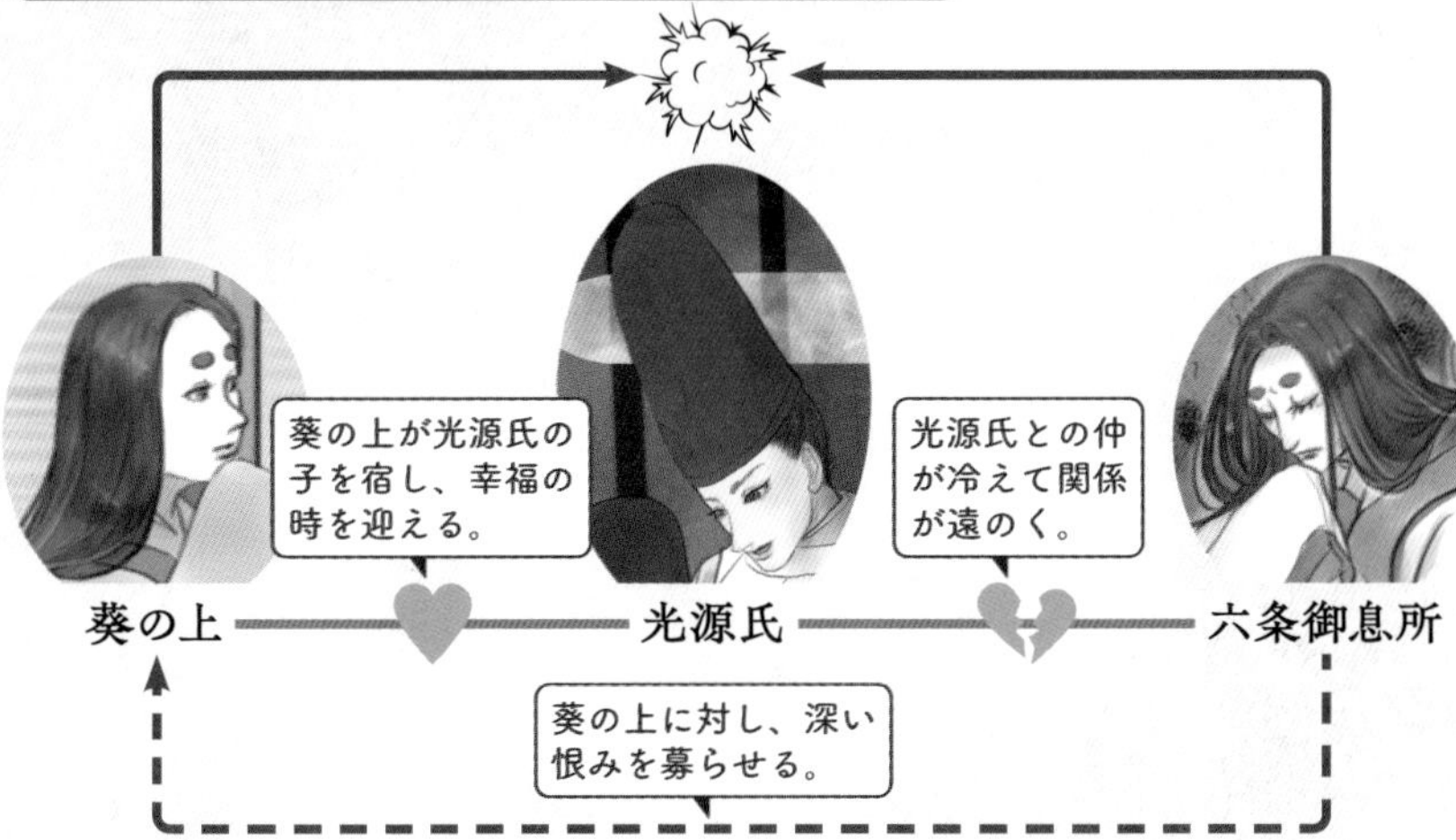

『源氏物語』でわかる！

平安貴族の習慣

平安貴族のマイカー

平安貴族は、現代の乗用車のように牛車で移動するのが常でした。4人乗りで向かい合って座り、乗るときは後部から、降りるときは前部から牛を外して降ります。身分によって種類があり、色鮮やかな衣をわざと少し出して見せるのがお洒落《しゃれ》でした。

また、ゆっくり進む檳榔毛車《びろうげのくるま》、素早く進む網代車《あじろぐるま》がなど、身分や用途によって乗り分けられました。

牛車の部位

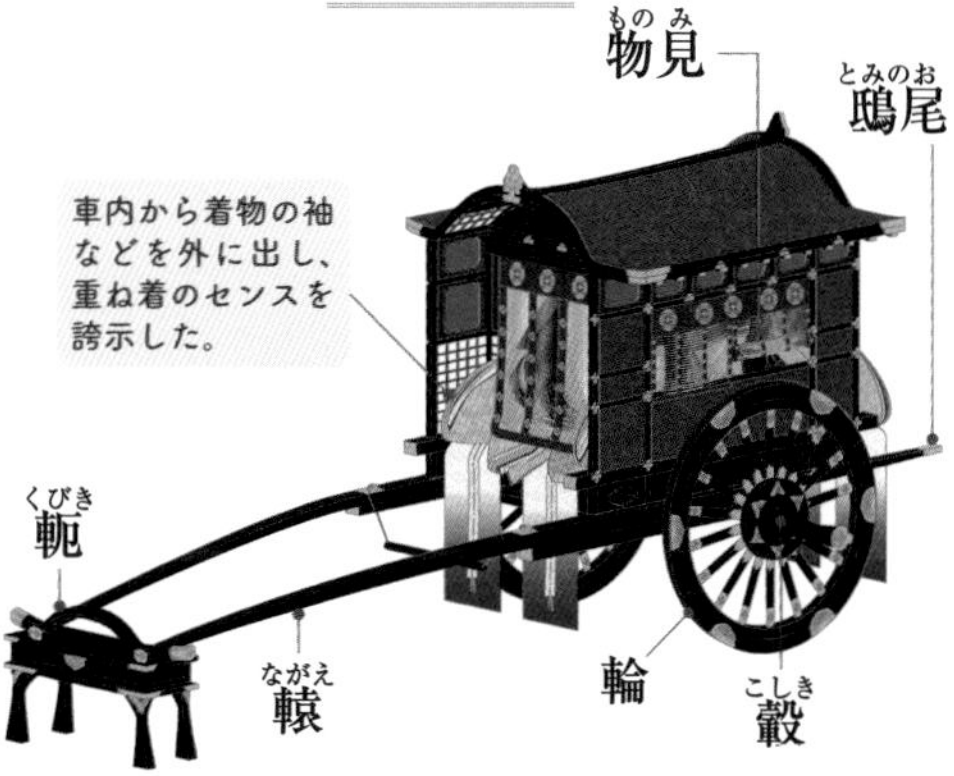

葵の上の死

六条御息所の生霊にとり殺された葵の上

収録巻
第九帖「葵」

あらすじガイドライン

懐妊を機に、光源氏と葵の上の間には、夫婦としての愛情が芽生えました。しかし車の所争《ところあらそ》いのあと、葵の上は物《もの》の怪《け》に取りつかれ、床に伏せりがちになってしまいます。そして出産の直前、苦しむ葵の上の枕もとに六条御息所の生霊《いきりょう》が現れたのでした。

葵の上は、本来ならば帝の妃になるべく育てられた左大臣の姫君です。それが4歳年下の光源氏と結婚することになり、しかも光源氏はまぶしいほどの美しさで、多くの女性と浮き名を流しています。頑《かたく》なな態度も無理からぬところですが、懐妊して光源氏との関係もよい方向へ向かうかに見えました。

ところが車の所争いの後、葵の上は物の怪に取りつかれ、苦しむようになりました。

当時、お産のときには多くの物の怪が取りつくとされ、それを追い出すため加持祈禱《かじきとう》を行なわれました。しかし葵の上には、どうしても追い出せない物の怪がいたのです。

それが葵の上の体を通して、「祈禱をゆるめて」、「私の魂を結びとどめて」と言うのです。光源氏は、その声も雰囲気も、六条御息所のものだと気がつきました。

男児を出産して力尽きた葵の上

六条御息所の方は、まさか自分が愛執のため物の怪になっているなどと思いません。しかし、このところ気分が虚《うつ》ろで、髪や衣に芥《け》子《し》の匂いがするのに気がつきました。これは、加持祈禱で焚《た》いて用いる芥子の匂いです。驚いて衣を着替え、髪を洗っても匂いは消えず、ついに自分が物の怪となっていることを悟り、衝撃を受けるのでした。

葵の上は、男児を生みますが、物の怪にとり殺されてしまいました。

葵の上の死と人物関係図

葵の上の出産の日、六条御息所の生霊が姿を現す。祈禱の最中、不意に葵の上がほかの人物の声で「祈禱をゆるめてほしい」と懇願し、その正体が判明するのだった。

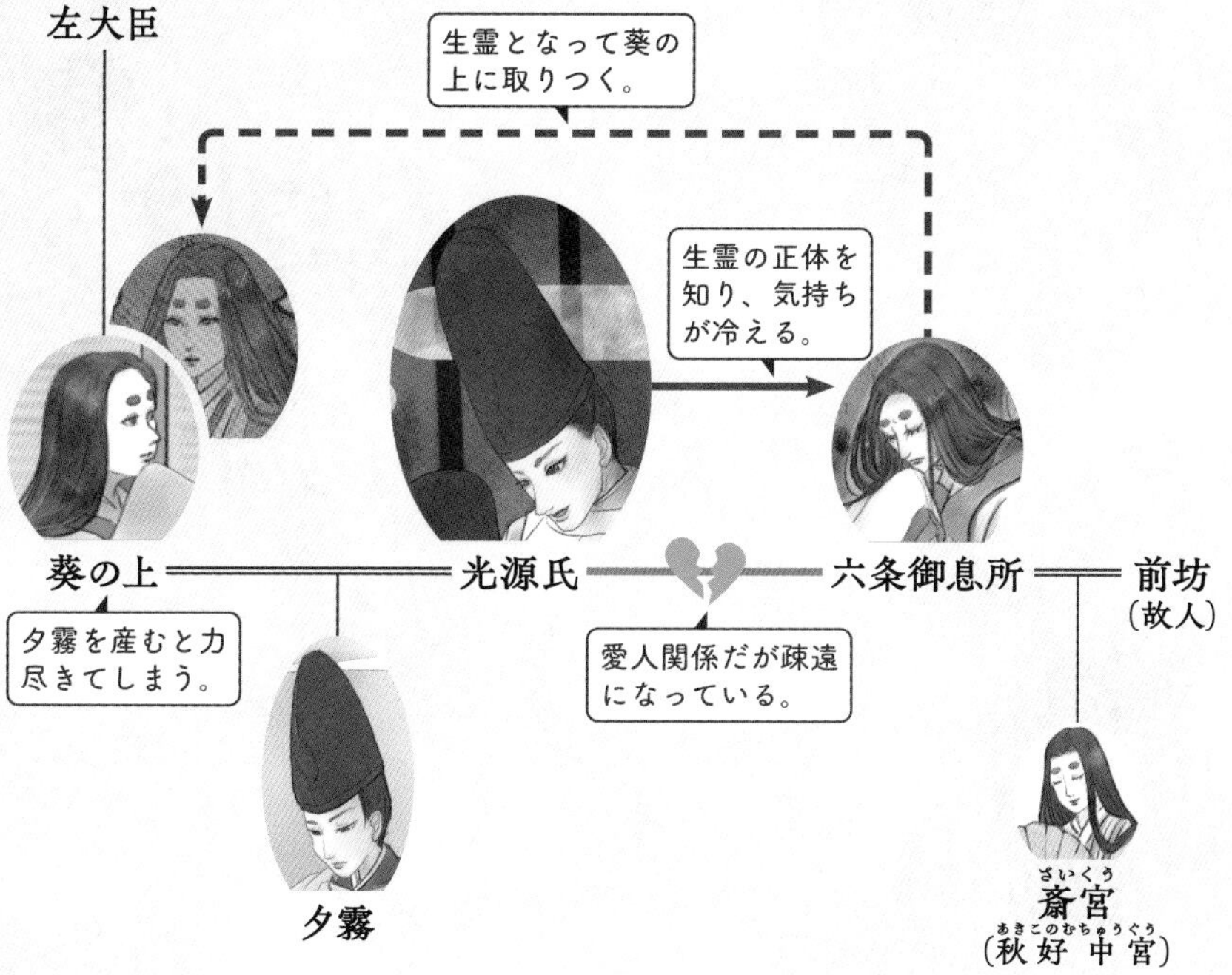

『源氏物語』でわかる！

平安貴族の習慣

平安時代の出産風景

平安の出産では、妊婦は坐《すわ》った姿勢をとり、それを何人もの女性が取り囲んで世話をします。魔を払うため加持祈禱をし、弓の弦を打ち鳴らしたり米を撒いたりしますから、たいへんな騒ぎになります。『紫式部日記』には、中宮・彰子が調度や御帳台、女房たちの衣まで真っ白に整えられた部屋で出産する様子が記されています。

出産の様子（女三の宮の出産）

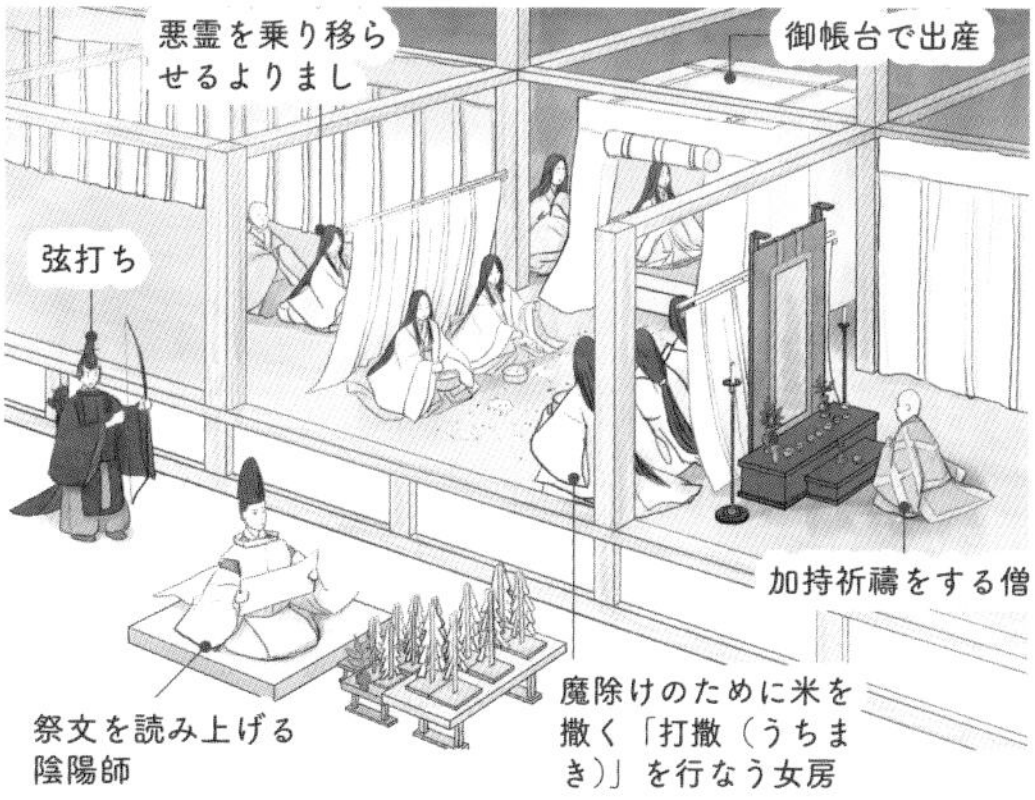

あらすじガイドライン

葵の上を失った光源氏は、成長した若紫の美しさに改めて惹かれ、結婚します。しかし頼る実家のない紫の上の立場は、光源氏の愛情だけを頼りとする不安定なものでした。さらに光源氏の行動も彼女を不安に陥れていきます。

紫の上との結婚

将来への不安を残した結婚

収録巻

第九帖「葵」

ようやく心が通いかけた葵の上を失い、光源氏は悲嘆に暮れました。葵の上の実家である左大臣邸で過ごし、四十九日《しじゅうくにち》を終えて二条院に戻ると、14歳になった若紫が出迎え、光源氏の悲しみを察して慰めてくれました。その大人びた姿は、ますます藤壺に似ています。

慌ただしく進められた紫の上との結婚の手続き

ついに光源氏は若紫と新枕を交わしますが、父とも兄とも慕ってきた光源氏が、男性として接してくることは若紫にとって予想もしなかったことでした。若紫は衝撃で、翌朝は起き上がることもできず一日中泣き明かし、女房たちを心配させるのでした。

光源氏は、これが正式な結婚だと示すため、三夜連続で若紫が暮らす西の対《たい》に通い、三日《みか》夜《よ》の餅《もちい》を食べる儀式を行ないました。その様子を見た従者も女房たちも、光源氏と若紫が結婚したことを知って喜び、安心しました。若紫は紫の上となったのです。

ただし、この結婚は問題を残しています。平安時代の女性は、成人の儀式として裳着《もぎ》の式を行ないました。これは腰から下を覆う装束をつける儀式で、結婚する前に行なうべきとされていました。

しかし、紫の上の結婚は、枕を交わすことが先になり、裳着の式は後から行なわれました。紫の上は正妻格の存在となったものの、その立場は光源氏の気持ち次第だったのです。

若紫と強引に結婚する光源氏

葵の上を追悼した後、二条院に帰った光源氏は、出迎えた若紫の美しさに衝撃を受け、強引に結婚を進めてしまう。

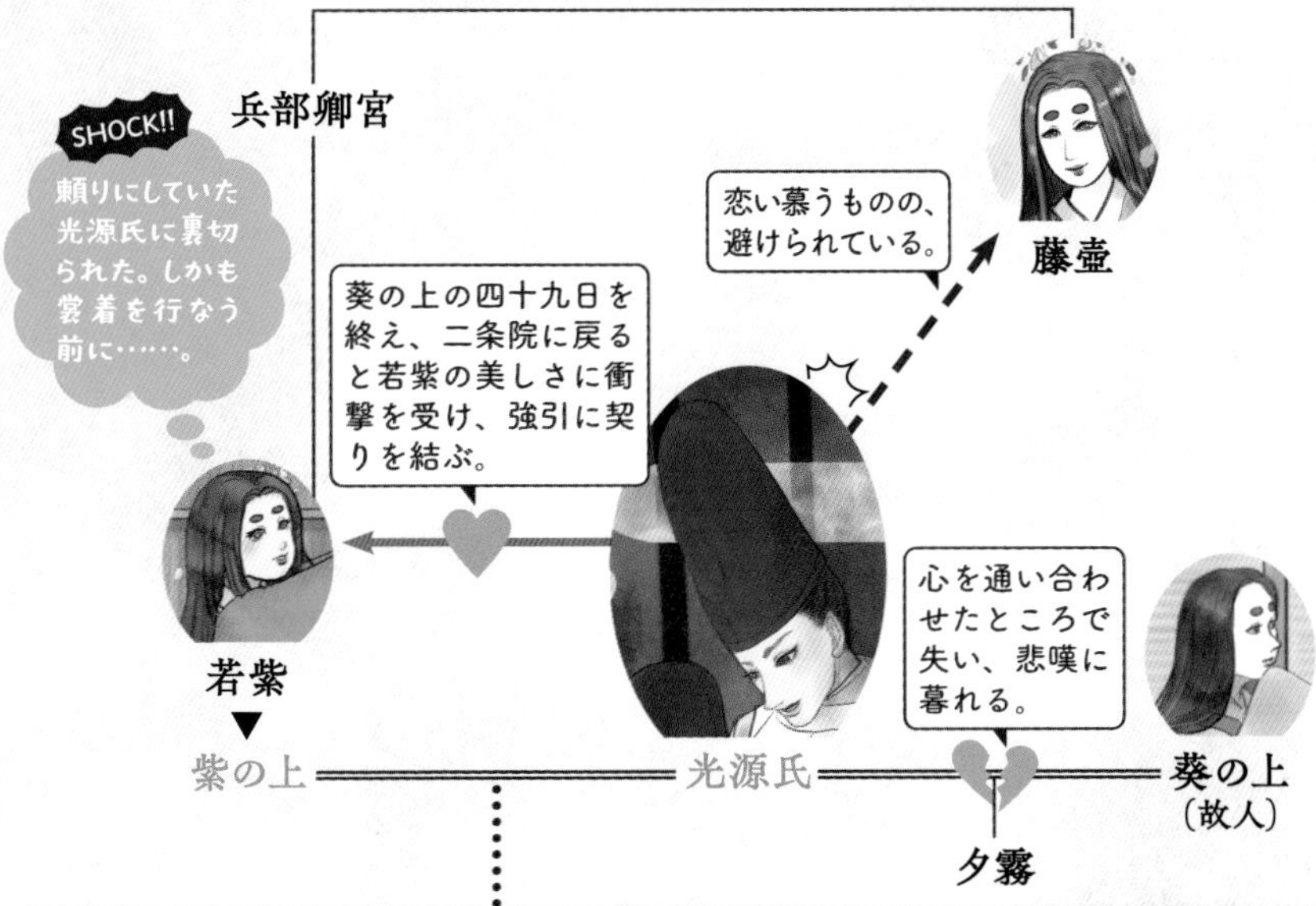

結婚の手順

裳着

腰から下を覆う「裳」をつける女子の成人儀礼。14歳頃に行なわれる。

通常は裳着→結婚の順。のちに明石の姫君などは入内が決まると、入内を前に裳着を行なっている。

紫の上の場合はこれが逆になってしまった。正妻格とされたものの、世間的には軽く扱ったも同然であった。

契り（結婚）

新枕を交わし、結婚を公表する。

『源氏物語』でわかる！

平安貴族の習慣

貴族の婚礼

平安時代の貴族の女性は、家族以外には顔を見せません。それでも歌を送り合って恋をし、女性の親が認めると結婚となります。

男性が女性の家に行って一夜を共にし、その後さらに2日続けて通うと結婚の成立です。最初の夜は、男性の沓《くつ》を女性の両親が抱いて眠り、この結婚が続くよう祈りました。

3日目の夜は、いよいよ祝宴です。銀盤に載った三日夜の餅を銀の箸で食べるのですが、男性はそれを噛み切らず食べるのがよしとされました。

六条御息所との別れ

光源氏を愛し、執着に苦悩した前東宮妃の行く末

収録巻

第十帖「賢木」

あらすじガイドライン

葵の上の死が自分の生霊のせいだと知った六条御息所は深く苦悩し、光源氏と別れて伊勢へ向かおうとします。光源氏は引き止めようと口説きますが、それができないことをどちらも知っています。ふたりは夜明けまで語り合い、互いに別れを告げたのでした。

六条御息所には、前東宮との間に娘がいました。その娘が成長して、伊勢《いせ》の斎宮《さいくう》に任じられたのを機に、娘と共に都を離れて伊勢に下ることを決意します。

葵の上の死後、六条御息所が光源氏の正妻になるのではと噂する人もいましたが、それはありえません。嫉妬心ゆえ生霊になったことに耐えられず、愛執を断ち切るためには光源氏と別れるしかないと考えたのです。

斎宮は、京の郊外にある嵯峨野《さがの》の野の宮で精進潔斎してから伊勢に出立します。六条御息所も、娘に付き添ってそこに移りました。

光源氏は、六条御息所に会いに行きます。『源氏物語』には、ふたりが愛し合うことになったいきさつは記されていませんが、若き日の光源氏が情熱的に求めて始まった関係だったようです。それがいざ別れるとなると、光源氏は寂しく、名残り惜しくなったのです。

月光を浴びた御簾ごしの別れ

六条御息所は、訪ねてきた光源氏と御簾《みす》を隔てて対面します。月の光を浴びた光源氏は美しく、伊勢に行かないよう言葉を尽くしますが、ふたりの関係が元に戻ることはありません。夜明けまで思い出を語り明かすと、六条御息所は遠い伊勢へ旅立ちました。

その6年後、六条御息所は務めを終えた娘と共に京に戻ります。しかし病を得た彼女は、娘を光源氏に託して亡くなったのでした。

六条御息所の伊勢下向

葵の上の死の真相を知った六条御息所は、光源氏への思いを断ち切るため伊勢下向を決意。光源氏はこれを思いとどまらせようとする。

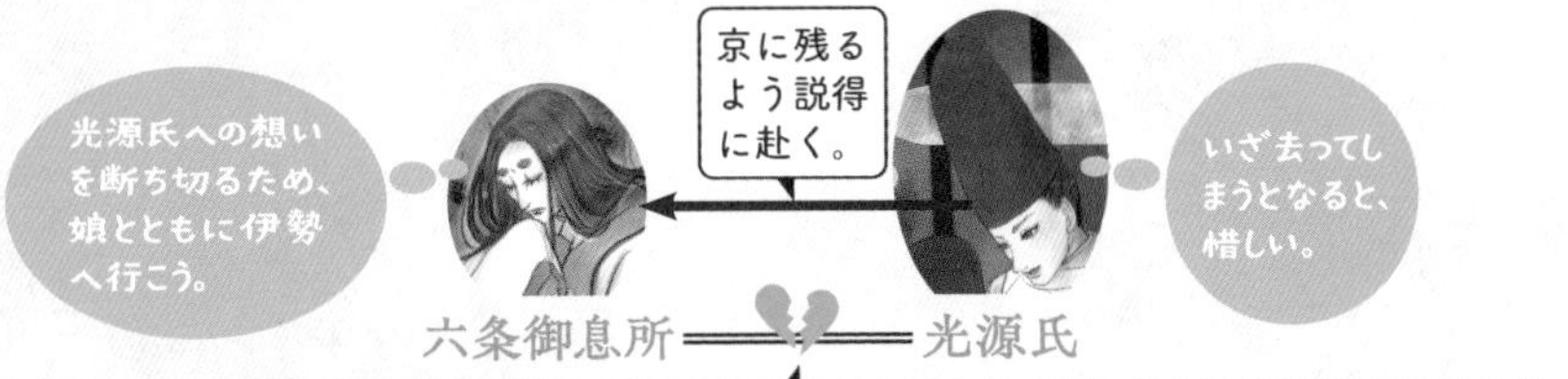

光源氏と六条御息所のやりとり

光源氏：変わらぬ想いに導かれて神垣を越えて参りました。

六条御息所：**神垣はしるしの杉もなきものをいかにまがへて折れるさかきぞ**（ここにはあなたを導く目印の杉もないのに、何を間違って榊を折って訪ねてきたのですか）

光源氏：**少女子《おとめご》があたりと思へば榊葉《さかきば》の香をなつかしみとめてこそ折れ**（神様にお仕えする少女のいるあたりと思われたのでわざわざ折ってきました）

光源氏は説得を続けるが、六条御息所の決意は変わらない。
語り合ううちに夜明けを迎える。

光源氏：**あかつきの別れはいつも露けきをこは世に知らぬ秋の空かな**（後朝の別れはいつも悲しく涙に暮れるものだが、これは世に知ることのない、しみじみ悲しい、秋の空であるよ）

夜明けがやってきたため、光源氏は六条御息所のもとを去る。

六条御息所：**おほかたの秋の別れもかなしきに鳴く音《ね》な添へそ野辺の松虫**（並大抵の秋の別れでさえ悲しいのに、さらにそこに鳴く声を添えて悲しみを添えてくれるな、野辺の松虫よ）

『源氏物語』でわかる！

平安貴族の習慣

伊勢の斎宮

皇族の総氏神といえば伊勢神宮の天照大神です。

この神を奉斎するにあたっては、亀の甲羅を用いる「亀卜《きぼく》」という占いで、未婚の皇族女性から「斎宮」が選ばれました。

斎宮に選ばれた女性は足かけ3年の潔斎を行ない、3年目の9月に数百名を従えて都を発ちました。この行列は斎宮群行と呼ばれます。

その後は多気《たき》の斎王宮で潔斎しつつ暮らし、6月と12月の月次祭《つきなみさい》および9月の神《かん》嘗祭《なめさい》で、伊勢神宮の外宮《げくう》・内宮《ないくう》に太玉串を捧げて礼拝しました。

朧月夜との密会

藤壺の出家に動揺する光源氏は、朧月夜との密会発覚で窮地に追い込まれる

あらすじガイドライン

光源氏にとって、悪いことが続きます。桐壺院が崩御し、右大臣方が権勢を強めたのです。しかも藤壺は、わが子である東宮を守るためある手段に出て、光源氏に衝撃を与えました。光源氏はつらい思いをふり払うかのように、危険な恋にのめり込みます。

収録巻

第八帖「花宴」
第十帖「賢木」

何かにつけて光源氏をかばってくれた桐壺院が崩御し、弘徽殿大后《おおきさき》を母とする朱雀帝の世になると、右大臣方が権力を握りました。

しかし光源氏は藤壺に恋情を訴えるばかりで、藤壺の寝所に入り込み、髪をとらえるなどという振る舞いにまで及びました。危うく逃れた藤壺は、この関係が人に知られたらどうなるかと生きた心地もしないのでした。

藤壺、光源氏の求愛を拒み、突然の出家を敢行

そして藤壺は、桐壺院の一周忌の法要の場で突然出家します。光源氏は立ち上がれないほどうろたえました。藤壺は、親王や貴族たち大勢が居並ぶなかで、桐壺院を偲《しの》ぶ姿勢を見せ、男女の関わりとは無縁になったのです。

この頃光源氏の心を捉《とら》えていたのが、朧《おぼろ》月《づき》夜《よ》という女性です。彼女は弘徽殿大后の妹、つまり右大臣方の女性なのですが、20歳の光源氏が桜の宴の夜に出逢って以来、その恋人となって逢瀬を重ねていました。

そしてある嵐の後、光源氏が朧月夜と密会中、右大臣が娘を心配して寝所に踏み込んできたため、密通が発覚してしまうのです。右大臣は、娘が自分の邸宅で政敵と通じていたことに怒り狂いますが、弘徽殿大后は、このスキャンダルを利用して光源氏を失脚に追い込もうと画策します。朧月夜は朱雀帝の尚侍《ないしのかみ》です。これは朱雀帝を軽んじ、謀反《むほん》を企てる前触れであると言い立てようとしたのです。

宮中の権力闘争と光源氏の危険な恋

桐壺院崩御後、右大臣派が勢力を増しつつあるなか、光源氏は藤壺や朧月夜との危険な恋に溺れ、禁断の男女関係に追い詰められていく。

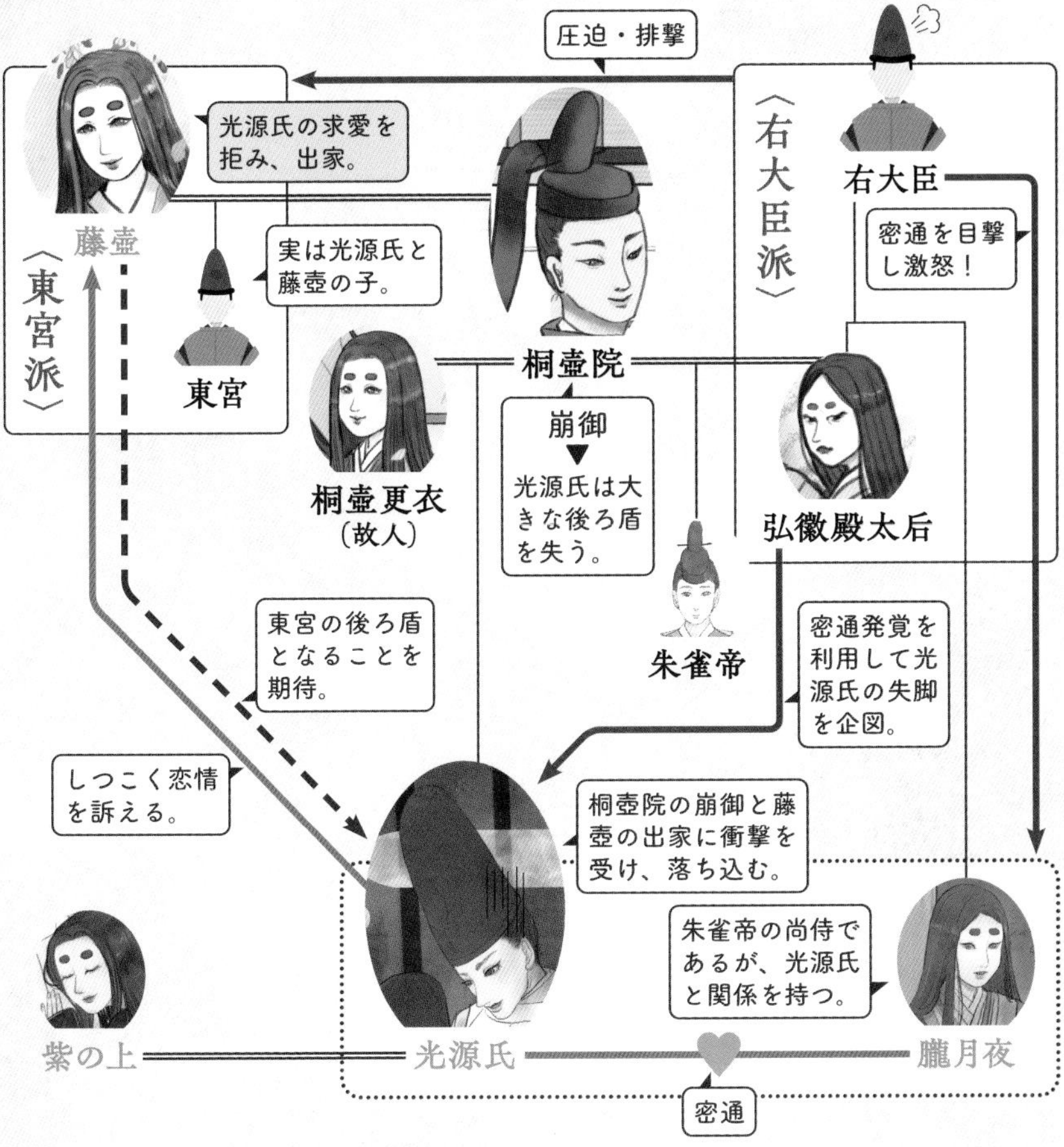

『源氏物語』でわかる！

平安貴族の習慣

女房が手引きする恋愛

平安貴族の恋愛は、男性が女性のもとに通う形で成り立っていました。

したがって、なかには両親が知らないうちに娘のもとに男性が通うようになっていたということもありました。

娘の入内などを考えている場合は一大事です。男性は女性側の両親や警備の者に発見されないようにしなくてはなりません。

そこで必要になってくるのが女房の手引きです。

意中の女性のもとへ忍び込む前に、男性はまず女房と親しくなることが大切なのでした。

あらすじガイドライン

右大臣派の包囲が狭まるなか、恋人、花散里《はなちるさと》のもとを訪ねた光源氏は、政治権力とは無縁の語らいをして過ごします。そして光源氏はある秘策を胸に、自ら都を離れて、遠い須磨《すま》に蟄居《ちっきょ》することを決めるのでした。

須磨での蟄居

流罪とされる前に光源氏は都を退き、わびしく孤独の日々を送る

収録巻

第十一帖「花散里」
第十二帖「須磨」

右大臣方に追い詰められつつあった光源氏は、故桐壺院の女御・麗景殿女御《れいけいでんのにょうご》と、その妹で恋人の花散里の邸《やしき》を訪れます。

光源氏は、穏やかな性格の花散里との語らいに落ち着きを覚えました。光源氏は、のちに息子の夕霧ら、子の養育を任せるほど、花散里に信頼を寄せるようになります。

愛する都の人々との涙の別れ

しかし、当の光源氏は官位を剥奪され、このままでは光源氏を後見役としている東宮や、その母の藤壺にまで影響が及びそうです。

そのため光源氏は、流罪となる前に自ら謹慎することにしました。これは罪人となることを避け、藤壺と東宮を守るための策でした。

蟄居先として選んだのが、摂津国《せっつのくに》の須磨。当時の貴族にとっては都から遠く離れた寂しい場所で、わずかな従者のほかは連れて行くことができません。光源氏は、邸宅や財産の管理を紫の上に委《ゆだ》ねて下向していきました。

しかし須磨での生活は思った以上にわびしく、打ち寄せる波音が寂しく感じられます。それでも光源氏は、琴を弾いたり絵《え》を描いたりして出家者のような日々を送ります。

都の人々からの便りも、右大臣方をはばかってか次第に絶えました。そうしたなか、宰相中将《さいしょうのちゅうじょう》（かつての頭中将）だけは遠路はるばる会いに来て、変わらぬ友情を見せるのでした。

流罪を避けるための蟄居

右大臣一派の包囲網が狭まるなか、花散里のもとを訪れ一時の癒しを得た光源氏は、最悪の事態を避けるために、須磨への蟄居を決断するのだった。

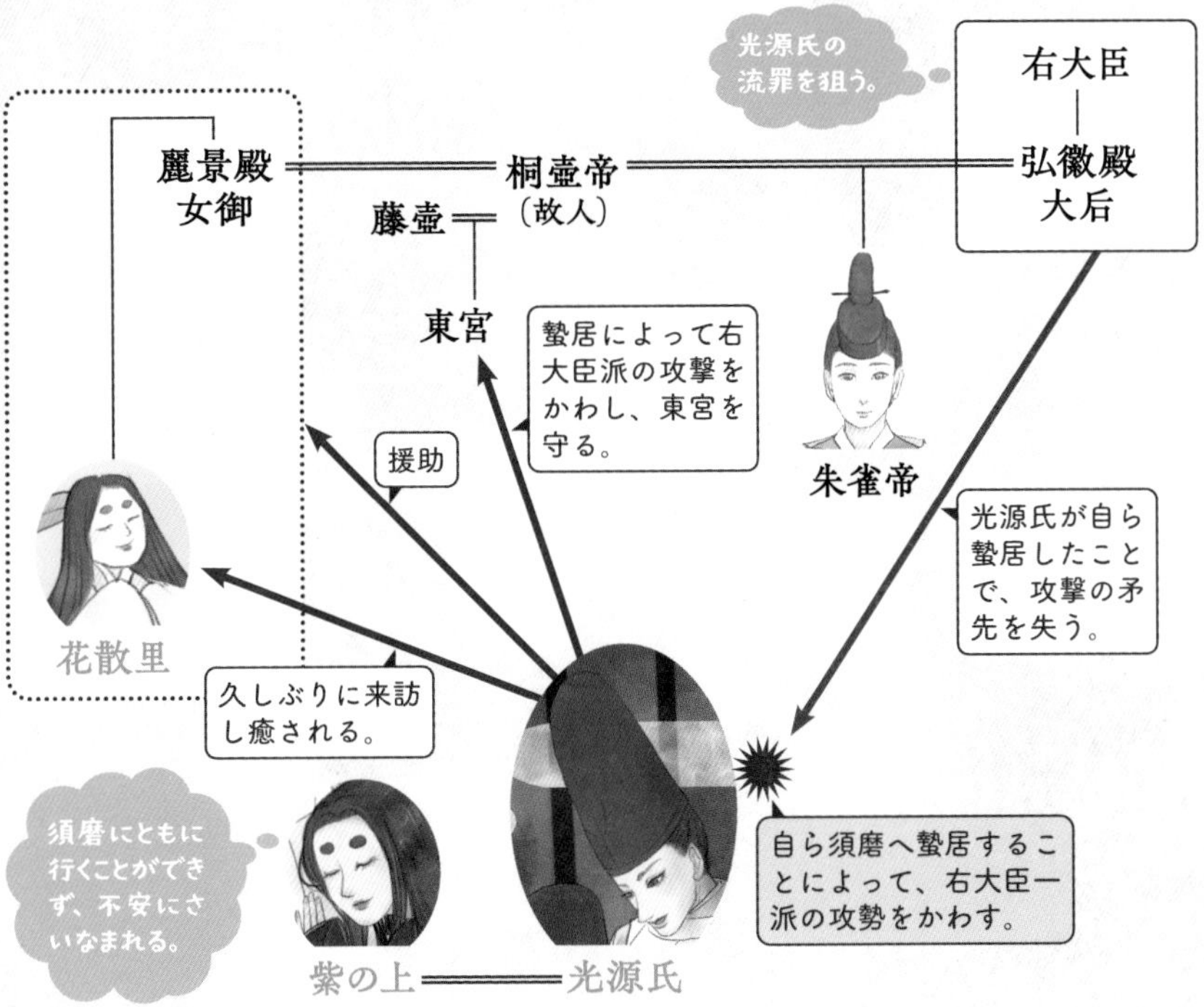

『源氏物語』でわかる！

平安貴族の習慣

平安時代の流刑

都の貴人にとって、流刑はたいへん厳しい罰でした。都からの距離によって近流《きんる》、中流《ちゅうる》、遠流《おんる》に分けられ、妻《さい》妾《しょう》を連れて行くよう強制されることもありました。もっとも流刑先は島とは限らず、都の縁者から食料などの援助を受けることも可能で、かなり自由な生活を送ることができました。

古代の流刑地

	流刑国	京からの距離
近流の地	越前	315 里
	安芸	490 里
中流の地	諏訪（のちに信濃）	560 里
	伊予	560 里
遠流の地	伊豆	770 里
	安房	1190 里
	常陸	1575 里
	佐渡	1325 里
	隠岐	910 里
	土佐	1225 里

第3章

栄華への道

――光源氏の復権と女性たち

年表で眺める『源氏物語』第3章

光源氏の年齢	巻名	できごと	巻名	できごと
27	明石《あかし》	・秋8月、光源氏、明石の君と出逢う。		
28		・秋8月、光源氏、帰京する。		
29	澪標《みおつくし》	・春2月、朱雀帝《すざくてい》が譲位し、冷泉帝《れいぜいてい》が即位。朱雀院の皇子が東宮《とうぐう》となる。	蓬生《よもぎう》	
		・春3月、明石の君が女児（明石の中宮）を出産する。		・夏、光源氏、末摘花《すえつむはな》を訪問する。
		・秋、光源氏、住吉を参詣する。	関屋《せきや》	・秋、光源氏、逢坂《おうさか》の関で空蝉《うつせみ》と再会する。
		・秋、六条御息所、死去する。		
(30)				
31	絵合《えあわせ》	・春3月、帝の御前で絵《え》合《あわせ》が行なわれ、斎宮《さいくう》の女御《にょうご》側が勝利する。		
	松風《まつかぜ》	・秋、明石の君ら、大堰《おおい》の山荘へ転居する。		
	薄雲《うすぐも》	・冬、明石の姫君、二条院に迎えられる。		
32		・春3月、藤壺《ふじつぼ》、死去する。		
		・夏、冷泉帝が出生の秘密を知る。		
	朝顔《あさがお》	・秋、光源氏、朝顔の姫君を訪ねる。		
		・冬、光源氏、亡き藤壺の夢を見る。		
33	少女《おとめ》	・夏、夕霧《ゆうぎり》が元服し、大学寮に入学する。		
		・秋、斎宮の女御（秋好中宮《あきこのむちゅうぐう》）が立后され、光源氏が太政大臣《だいじょうだいじん》となる。		
34		・春2月、朱雀院が行幸。夕霧が進士に及第。		
35		・秋8月、六条院が完成し、女君たちが転居する。		

6つの場面でわかる!

『源氏物語』のあらすじ
―「明石」から「少女」まで

都から逃れた光源氏。須磨の地で朽ち果てていくのかと思われましたが、やがて明石へと導かれ、さらに都に戻った光源氏は、栄華への道を歩み始めます。

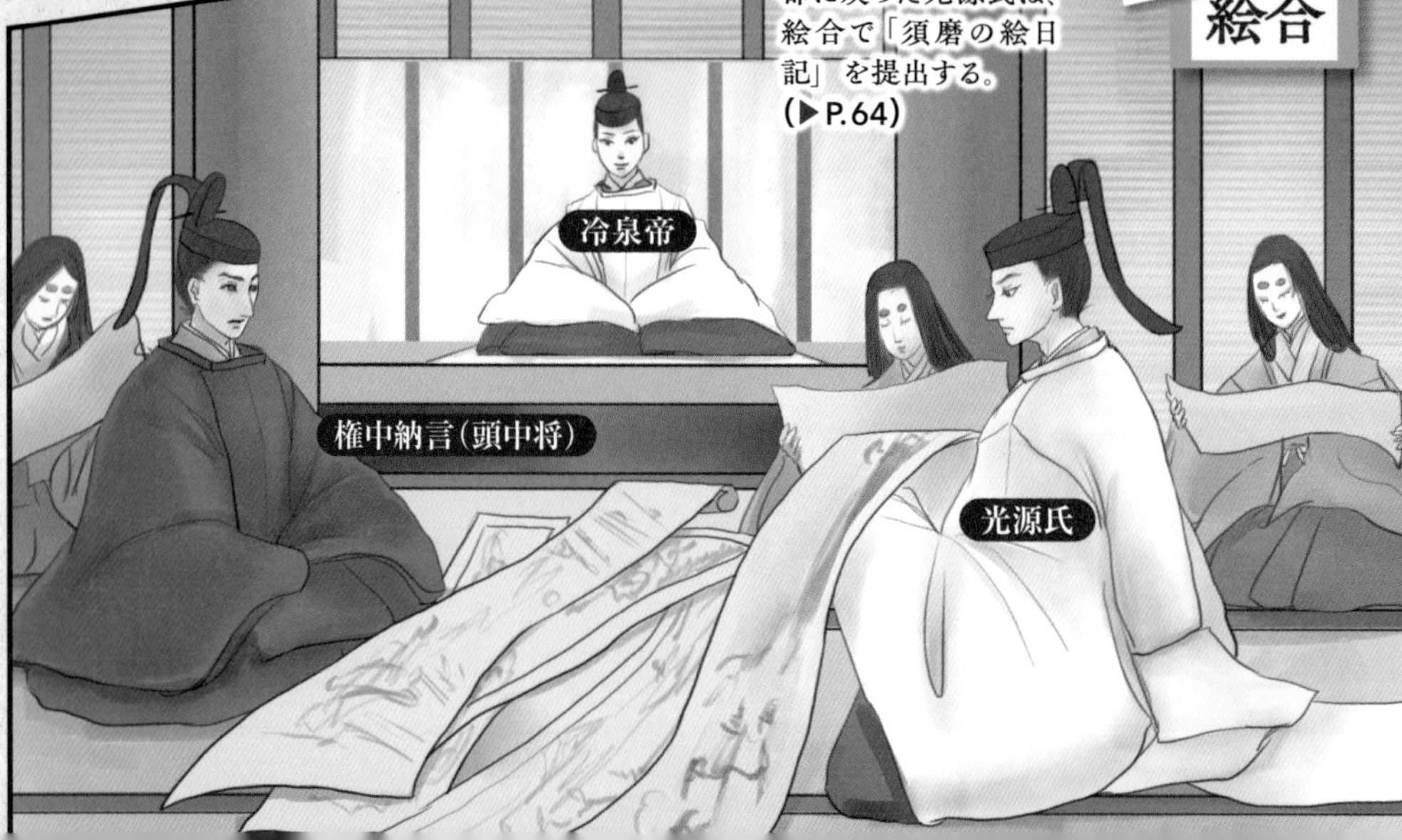

其の3
明石の君の子別れ
明石の君
明石の姫君
紫の上の養女にしたいという光源氏の希望を受け、明石の君は姫君と別れる。（▶P.66）

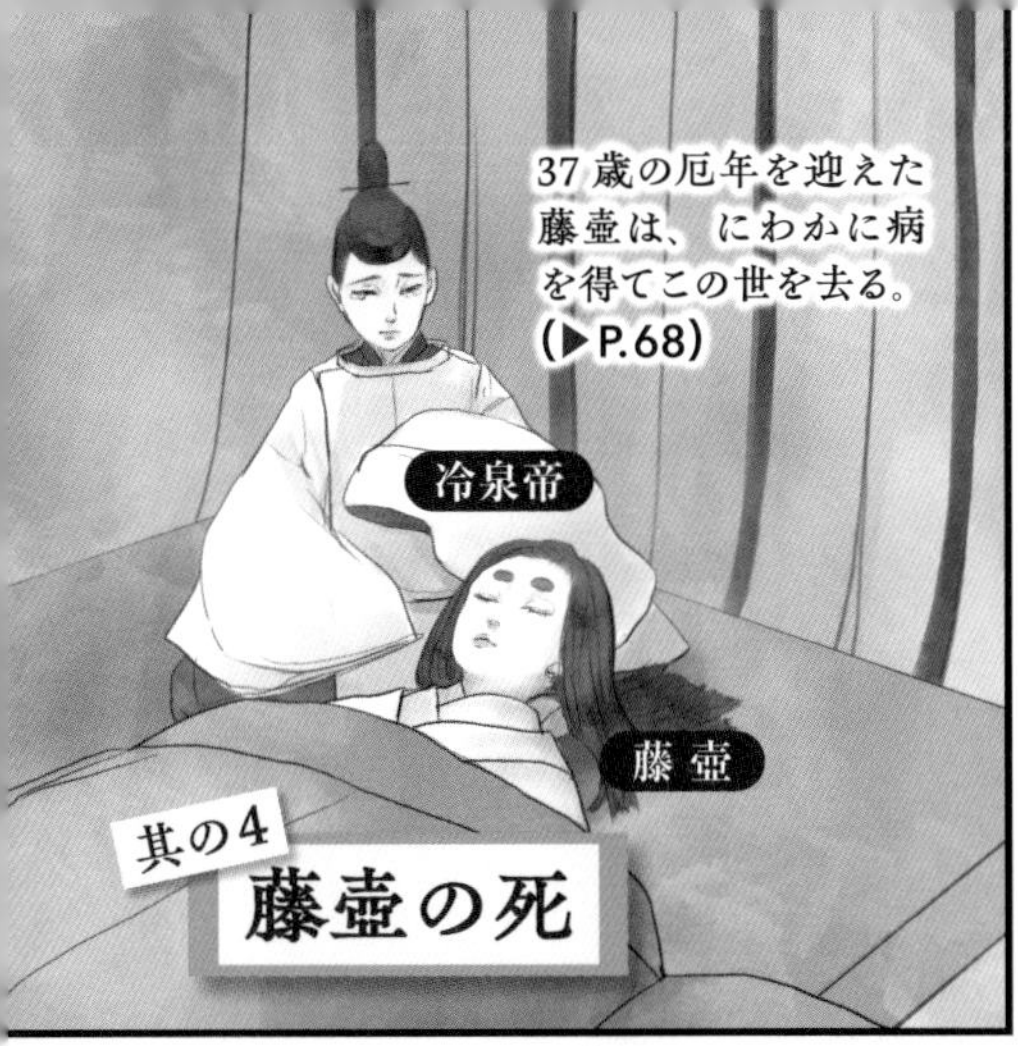
其の4
藤壺の死
37歳の厄年を迎えた藤壺は、にわかに病を得てこの世を去る。（▶P.68）
冷泉帝
藤壺

其の5
光源氏の教育
雲居雁
夕霧
光源氏の教育方針のもと、夕霧は大学でその実力を蓄える。（▶P.72）

其の6
六条院
［御倉町《みくらまち》］
［夏の町］
［冬の町］
光源氏は、六条院の４つの町に、それぞれの季節に合った女性たちを配した。（▶P.74）
［秋の町］
［春の町］

夢のお告げ

光源氏、亡き父の魂に導かれ須磨から明石へ移る

収録巻

（第十二帖「須磨」）
第十三帖「明石」

あらすじガイドライン

須磨《すま》での蟄居《ちっきょ》が続く光源氏に、転機が訪れます。亡き父・桐壺《きりつぼ》院《いん》が夢に現れて、須磨を立ち去れと告げたのです。すると翌朝、同様に夢のお告げを受けた明石《あかし》の入道が光源氏を迎えに来ます。この明石の入道が、光源氏の人生を大きく変えることになりました。

須磨での暮らしも1年がたち、光源氏は穢《けが》れを清める祓《はらえ》を行なって身の潔白を神々に訴えました。すると須磨を暴風雨が襲い、住居まで高波に押し流されそうになります。しかしこれは神々が怒っているのではなく、願いを聞き入れたという証《あかし》だったようです。

そして光源氏の夢に亡き桐壺帝が現れ、住《すみ》吉《よし》の神の導きに従って須磨を離れるよう告げました。住吉の神とは、現在の大阪府の住吉大社に祀《まつ》られている海神です。

すると翌朝、明石の入道という人物が、夢のお告げがあったと言って、海路、光源氏を迎えに来たのです。光源氏が舟に乗ると、そこだけ良い風が吹き、一行は無事に明石に到着しました。

光源氏と娘の結婚を願う明石の入道

明石の入道は、立派な屋敷で光源氏をもてなします。この人物は、都で近衛《このえ》中将だったのですが、娘が生まれた際、子孫が帝と后になるという夢を見ました。そこで播磨《はりま》の国司となり、明石に留まって、娘を都の貴人と結婚させたいと願っていたというのです。

光源氏は、その娘・明石の君に興味を持ちます。ところが明石の君は、身分差をはばかって光源氏の手紙に返事すら出しません。

その態度にかえって光源氏は惹《ひ》かれ、やがて通うようになりました。そして明石の君は、子を宿したのです。

明石へと導かれる光源氏

夢のお告げを受けた光源氏は、明石に移り、明石の君と出逢った。

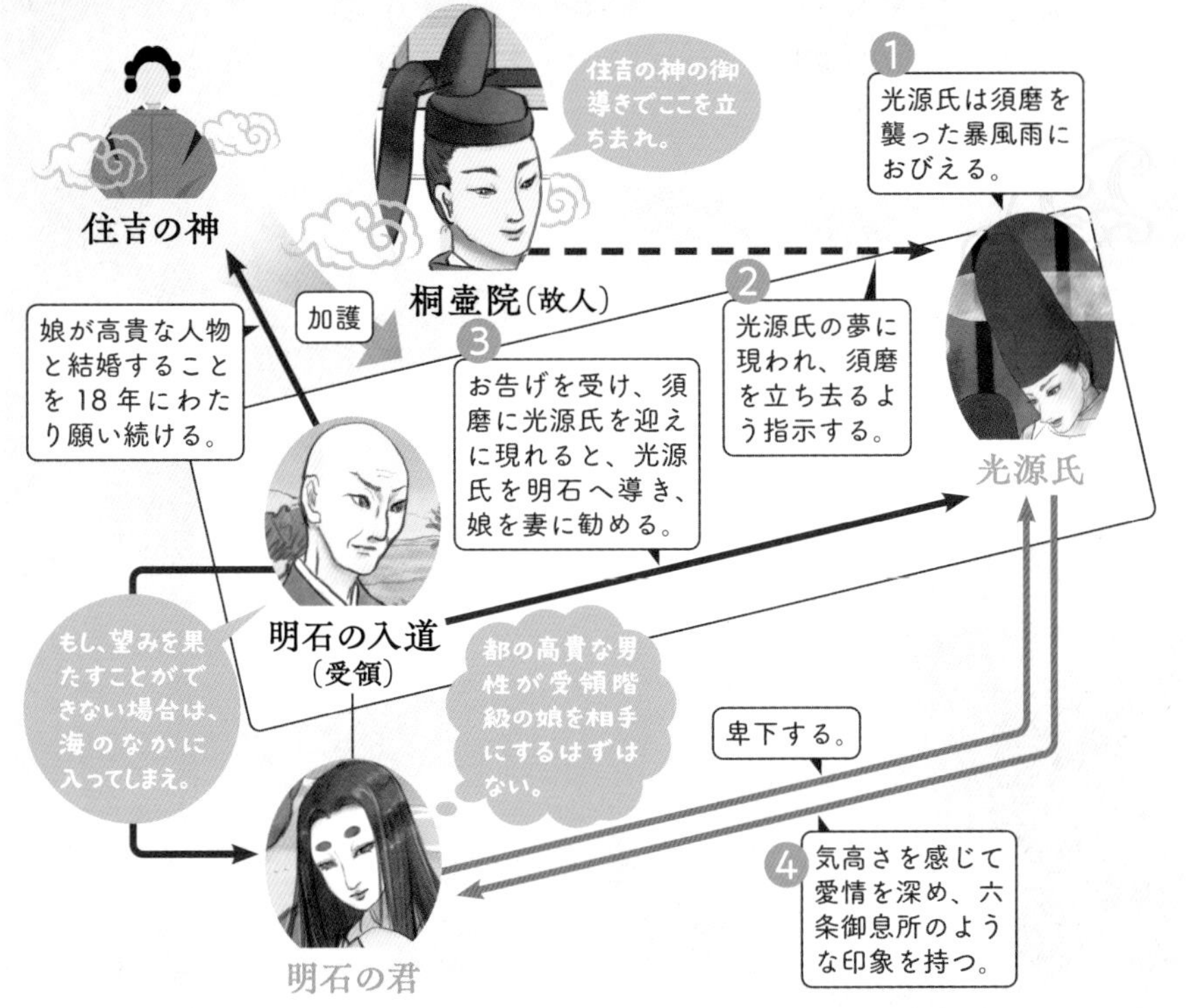

『源氏物語』でわかる!

平安貴族の習慣

受領と上流貴族

都を離れて実際に任国に赴任し、そこを治める国司のうち最も上位の者が受領です。

官位は低いのですが、税率をある程度自由に決められるなど、多くの利益を手にすることができました。そのため、没落した貴族や、出世が望めない貴族たちのなかには、進んで受領になる者もいました。

そんな受領たちを、上流貴族は見下しつつも、彼らからの献上品を懐に入れ、私腹を肥やす代わりに、受領たちを引き立てていたのでした。

遥任《ようにん》国司と受領《ずりょう》国司

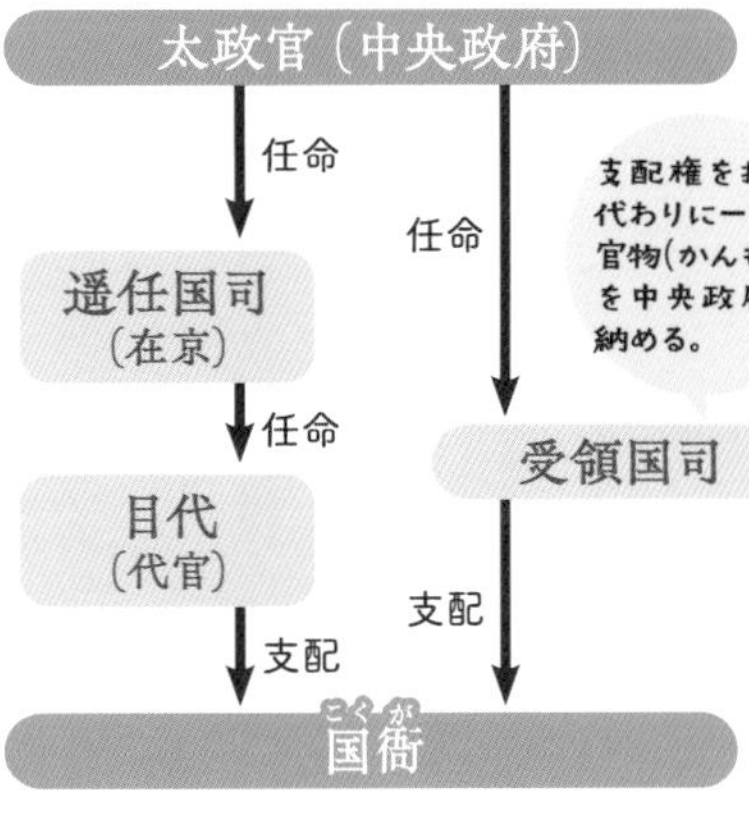

あらすじガイドライン

朱雀帝《すざくてい》の夢にも故桐壺院は現れ、光源氏を失脚させたことを叱責《しっせき》します。そのため光源氏は都に呼び戻され、復権を果たしたのでした。明石では、光源氏の子の姫君が生まれます。喜ばしいことではありますが、紫の上にとっては新たな苦しみでもありました。

光源氏の復権

京へ呼び戻された光源氏のもとに、明石の君出産の報告がもたらされる

収録巻
第十三帖「明石」
第十四帖「澪標」

朱雀帝は気の弱い性格で、祖父や母に逆らうことができませんでした。

ある夜、そんな朱雀帝の夢に亡き父の桐壺院が現れると、光源氏を追いやったことを厳しく叱って睨《にら》み付けたのです。その頃、都では天変地異が続いて祖父の太政大臣は没し、母の大后《おおきさき》は病がちになりました。そこへきて桐壺帝に睨みつけられた朱雀帝は、眼病を患ってしまいました。

こうして光源氏の復権が確定。彼は都へ呼び戻されたのです。

その翌年に朱雀帝は譲位し、藤壺が産んだ冷泉帝《れいぜいてい》が即位しました。光源氏は内大臣となり、辞任していた左大臣をはじめ親しい人々はすべて復権を果たしました。

明石の地で光源氏の娘が誕生

明石の地では、姫君が誕生しました。これを紫《むらさき》の上《うえ》に告げると、案の定、紫の上は嫉妬《しっと》します。光源氏は、「思ってもみなかったことだが、知らぬふりもできないし」とその場をしのぐしかありませんでした。

光源氏は、須磨の天変の折に立てた願のお礼参りに、住吉大社を訪れました。ところが、同じ日に明石の君も住吉大社に来ていたのです。明石の君は、光源氏一行の立派さを見て、その日の参詣《さんけい》を諦《あきら》めます。後でそれを知った光源氏は哀れに思い、ふたりの縁が深いことを歌にして送りました。

光源氏の復権を巡る相関図

故桐壺院の夢告を受けた朱雀帝が光源氏を都に呼び戻したことで、光源氏と左大臣グループの復権が決定づけられた。一方で、右大臣派は没落する。また、明石の君にも女子が誕生し、光源氏は須磨退去から一転して栄華の道を歩み始めた。

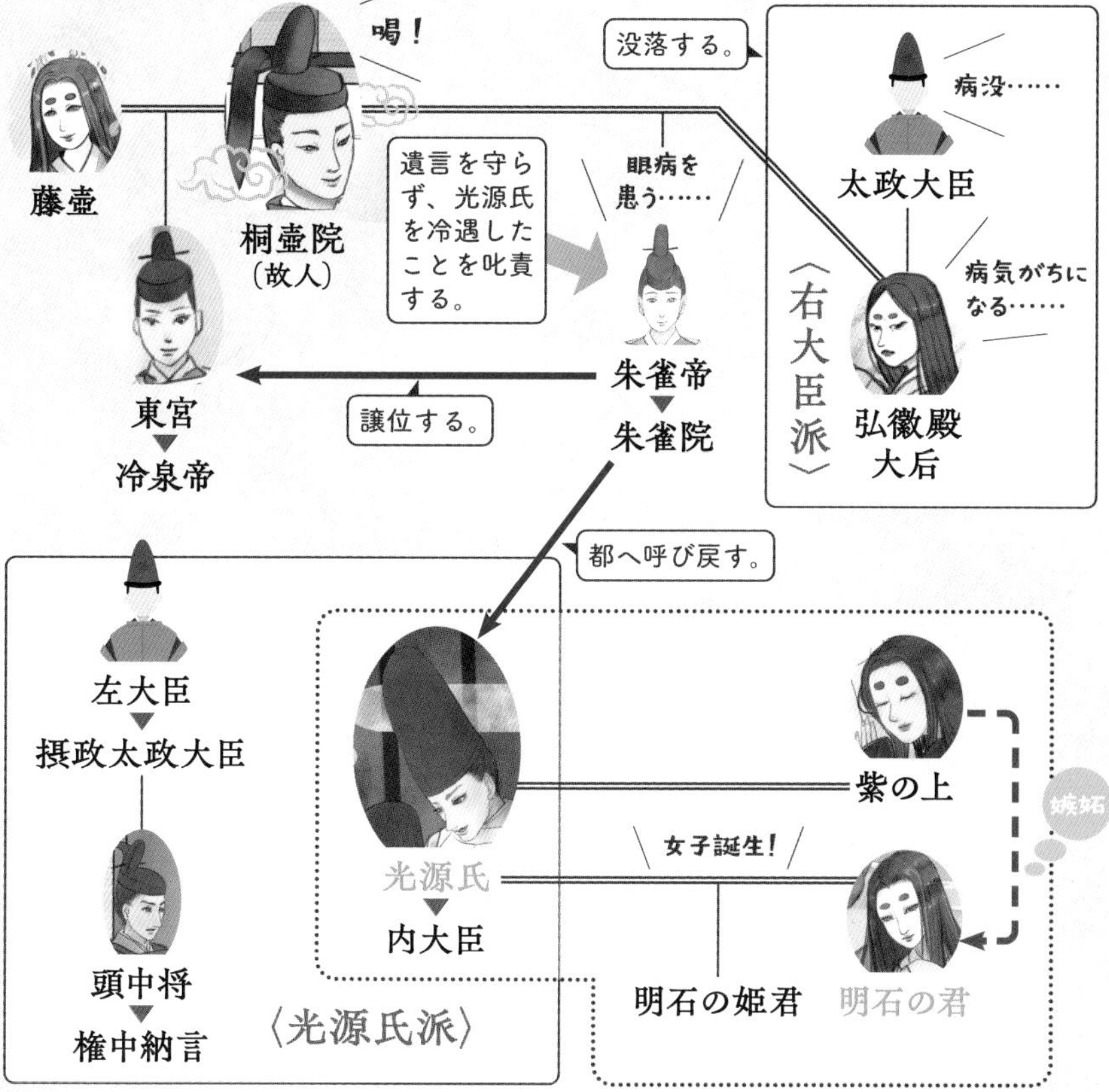

『源氏物語』でわかる!

平安貴族の習慣

平安時代の夢の習慣

平安時代、夢のお告げは、未来の予言だと考えられました。

夢の内容から吉凶を占うのが「夢解《ゆめとき》」「夢合《ゆめあわせ》」で、そのための占い師も存在しました。

良い夢を見たときは実現のために努力し、悪い夢を見たときは行動を慎みました。また、災いを避けるためには呪文《じゅもん》を唱える「夢違《ゆめちが》え」をしました。悪い夢をよいものへと変えようとするわけです。

夢については人に話すべきではないとされる一方で、他人が見たよい夢を買う人もいました。

あらすじガイドライン

明石から戻った光源氏は、かつて愛を交わした女性たちとの再会を果たします。紫の上はもちろん、そのなかには光源氏を信じ待ち続ける末摘花《すえつむはな》、一夜の愛を交わした空蟬《うつせみ》がいました。そして、葵《あおい》の上《うえ》を死に追いやってしまったあの人も……。

女性たちとの再会

光源氏は自分を待ち続けた末摘花や空蟬と再会し、二条院に引き取る

収録巻
第十四帖「澪標」
第十五帖「蓬生」
第十六帖「関屋」

　光源氏が復権を果たしたのと同じ頃、六《ろく》条《じょう》御息所《のみやすどころ》も、斎宮《さいくう》の任が解かれた娘（前《さきの》斎宮）とともに帰京していました。しかし、彼女は間もなく重い病にかかると、「決して恋愛対象にしないように」という戒めと共に、光源氏に娘を託して没したのでした。

　光源氏は、六条御息所の遺言に従って、その娘を養女としました。朱雀院が彼女の入内《じゅだい》を望んでいましたが、光源氏は藤壺《ふじつぼ》と語り合い、冷泉帝に入内させることとしました。

末摘花を二条東院に引き取る

　一方、生活の手段が何もない末摘花は、光源氏が須磨に行ってから困窮していました。屋敷は荒れ放題で狐《きつね》や梟《ふくろう》が棲《す》みつくほどですが、決してそこを動こうとはしません。

　やって来た叔母は、夫が大宰府《だざいふ》に赴任するので一緒に行くよう誘います。しかしこの叔母は、身分の低い受領の妻となって末摘花の父に軽蔑されたことを根に持っており、末摘花を自分の娘の召使いにしようとしていました。そして、光源氏の訪れなどもうあるわけがないと言って末摘花につらく当たるのですが、光源氏を信じる末摘花は誘いに乗りません。腹を立てた叔母は、末摘花が頼りにしていた乳母子《めのとご》まで連れて行ってしまいました。

　そんな末摘花の屋敷の前を偶然通りかかったのが光源氏。彼は、彼女の真意を知って二条東院に引き取ることとしました。

光源氏と女性たちの再会

復権した光源氏は、かつて愛し合った女性たちとの再会を果たす。

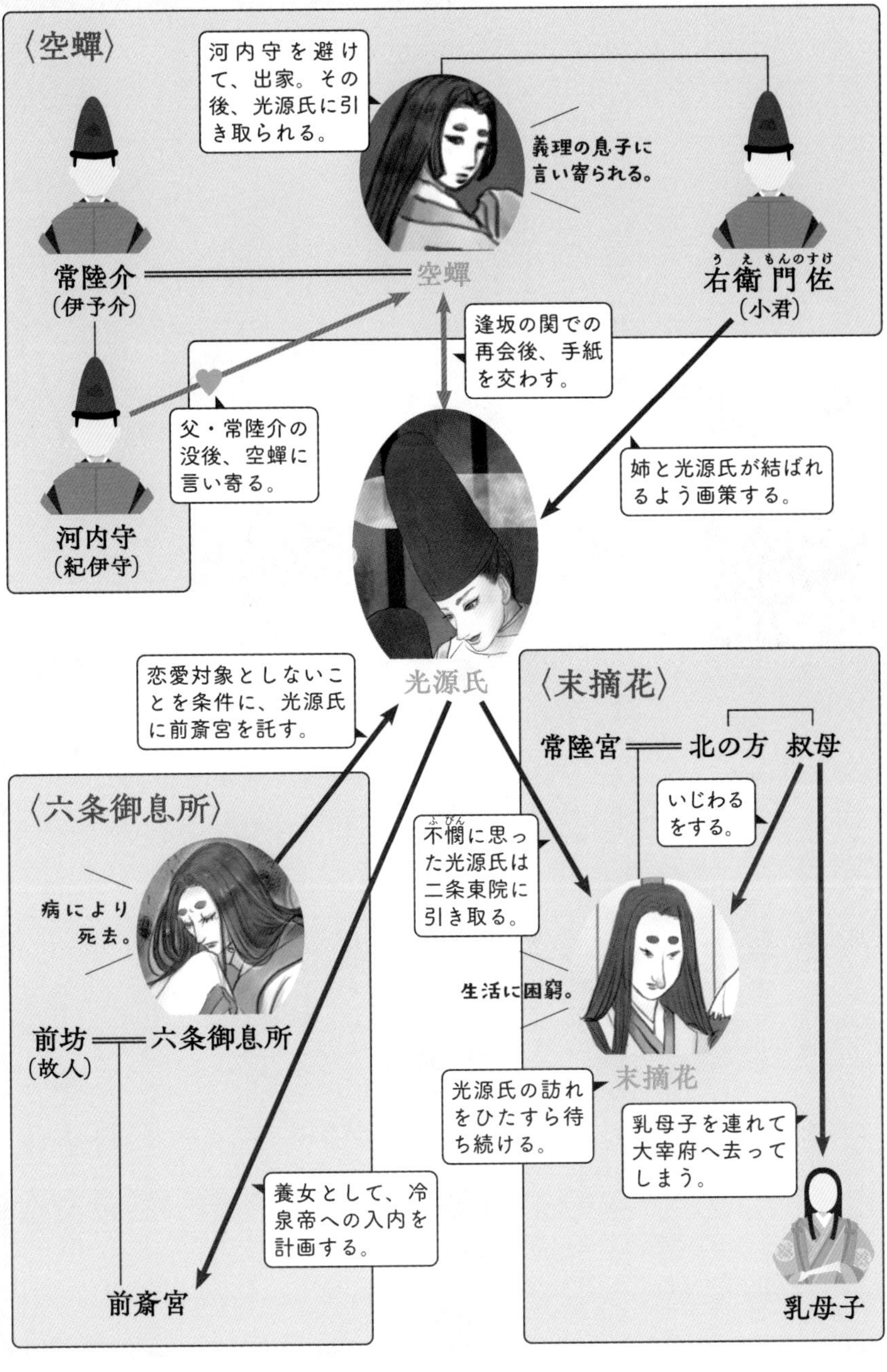

絵合

冷泉帝の寵愛を巡る光源氏と頭中将の政治的遊戯

あらすじガイドライン

六条御息所の娘（前斎宮《さきのさいくう》）は冷泉帝に入内しましたが、宮中には先に入内していた女性がいました。その女性は、光源氏の親友である、かつての頭中将の娘。どちらがより帝に愛されるか、世代をまたいだ恋の争いは雅な遊びの場面でも繰り広げられます。

冷泉帝に入内した六条御息所の娘は後宮の梅壺《うめつぼ》を与えられ、梅壺女御と呼ばれます。先に入内していたのが弘徽殿女御《こきでんのにょうご》です。この女御は、光源氏を敵視したあの弘徽殿女御とは別人で、権中納言《ごんのちゅうなごん》となったかつての頭中将の娘でした。権中納言は、娘に対する冷泉帝の寵愛を巡り、光源氏と梅壺女御に対抗意識を燃やします。

冷泉帝は絵を愛好していたため、絵の上手な梅壺女御にも心惹かれるようになりました。そこで負けじと権中納言は目新しい絵を集め、帝《みかど》の興味を引こうとします。こうして開催されたのが、二組に別れて絵を出し合い、その優劣を競う「絵合《えあわせ》」です。

巧みな絵師もかなわない光源氏の絵とは？

光源氏は由緒ある絵を集め、権中納言は絵師に趣向を凝らした絵を描かせました。

勝負は帝の御前で開催され、甲乙つけがたいなか、最後に光源氏が出したのが、須磨で自ら描いた絵日記です。光源氏のつらい日々を知らぬ者はなく、誰もが心を打たれました。こうして梅壺女御方が勝利し、冷泉帝と梅壺女御は心を通わせるようになりました。

ただし、『源氏物語』以前に絵合が行なわれた記録はありません。物語はそれを描くことによって、冷泉帝の御代《みよ》が新たな文化を創出する聖代であることを示すのでした。

収録巻
第十七帖「絵合」

絵合を巡る権力の駆け引き

前斎宮の入内後に行なわれた絵合であったが、その背景には光源氏、権中納言らの政治的な覇権争いが隠されていた。

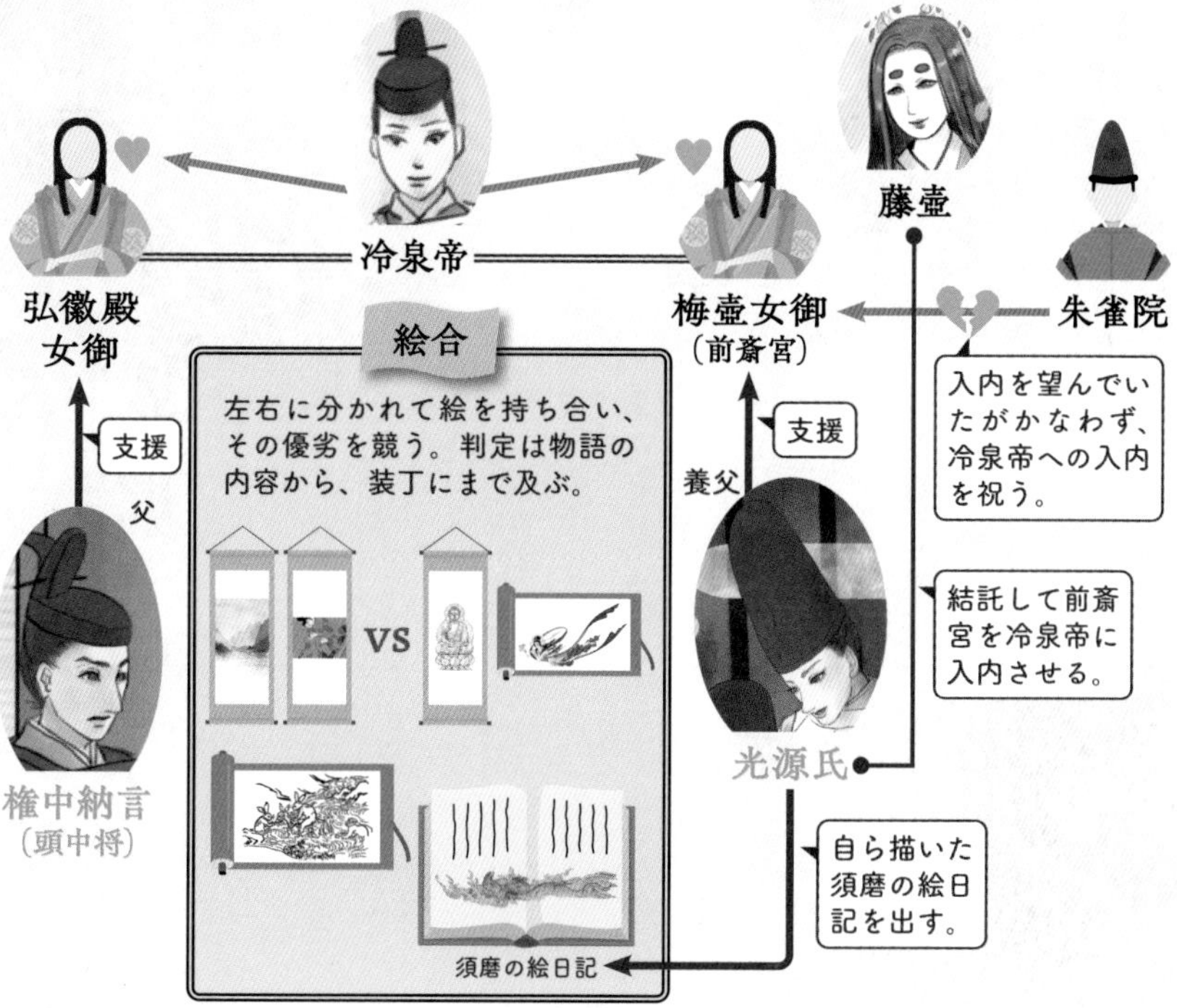

『源氏物語』でわかる!

平安貴族の習慣

平安貴族の遊び～物合

ふたつのグループに別れて何かを出し合い、その優劣を競う遊びが「物合《ものあわせ》」です。

和歌の優劣を競う「歌合」が著名ですが、話の優劣を競う物語合、品物のデザインを競う扇合や小箱合、鶏を闘わせる鶏合、鳴き声の美しさを競う虫合なども行なわれるようになりました。

『源氏物語』に登場する貴族の遊戯

碁	中国伝来の遊び。ふたりの競技者が碁盤に白黒の石を交互に置き、広く自分の石を置いた方が勝ちとなる。
歌合	左右に分かれて歌を合わせて競う遊び。左右が一首ずつの歌を合わせて一番の取組とし、その歌を講師が吟じて披露し、判者が勝・負・持（引き分け）を決めた。
薫物合	各自が調合した薫物《たきもの》を持ち寄って、その優劣を競う遊び。
蹴鞠	鹿のなめし革で作った鞠を地面に落とさないように蹴り続ける遊び。4人、6人や8人で行なう。
鷹狩	鷹を調教して、雉《きじ》などを捕る狩猟遊び。冬に行なわれた。

あらすじガイドライン

光源氏は、将来の入内を見据えて明石の母子《おやこ》を呼び寄せますが、身分の差に気後れする明石の君は都の郊外にある大堰《おおい》の山荘に滞在します。光源氏はそこで娘と対面を果たすのですが、それは明石の母子の別れが近づいていることを示していました。

明石の君の子別れ

明石の姫君、紫の上の養女となる

収録巻

第十八帖「松風」
第十九帖「薄雲」

光源氏は、明石の母子を都に迎えようと、何度も促します。そして明石の君と姫君は、都のそばの大堰川《おおいがわ》のほとりの山荘に住むことになりました。身のほどを知る明石の君は、光源氏の邸宅である二条院に入ることを拒み、ここにとどまったのです。

光源氏はここを訪れて、明石の君と3年ぶりに会い、娘との初対面を果たしました。

京の郊外にとどまった母との別れを知らない姫君

明石の君は、自分のように都から離れた地で生まれた受領《ずりょう》階級の娘が、貴族社会で低い身分と見なされることを知っています。ですから光源氏から姫君を引き取って、紫の上の養女としたいと提案されたとき、姫君の将来のためにやむなくそれを受け入れました。

子供のいない紫の上は、明石の君に嫉妬して複雑な思いを感じたものの、元々子供好きだったことから承諾しました。

母子の別れはつらいものでした。姫君はこれが母との別れになるとも知らず、迎えの牛車《ぎっしゃ》に乗ろうとします。そして無邪気に明石の君の袖《そで》をつかんで「お乗りになって」と一緒に出かけようとするのです。明石の君は、愛する娘のために涙を流して見送りました。

二条院に着いた姫君は、母君がいないのに気がついて泣き出しましたが、やがて紫の上になつきます。紫の上も、姫君を心から可愛く思い、明石の君の心を慮《おもんぱか》るのでした。

明石の君を巡る思惑

身分の差に気遅れする明石の君が二条東院には入らず、大堰の山荘に留まると、光源氏は姫君の将来を考えて、姫君を紫の上の養女にする。

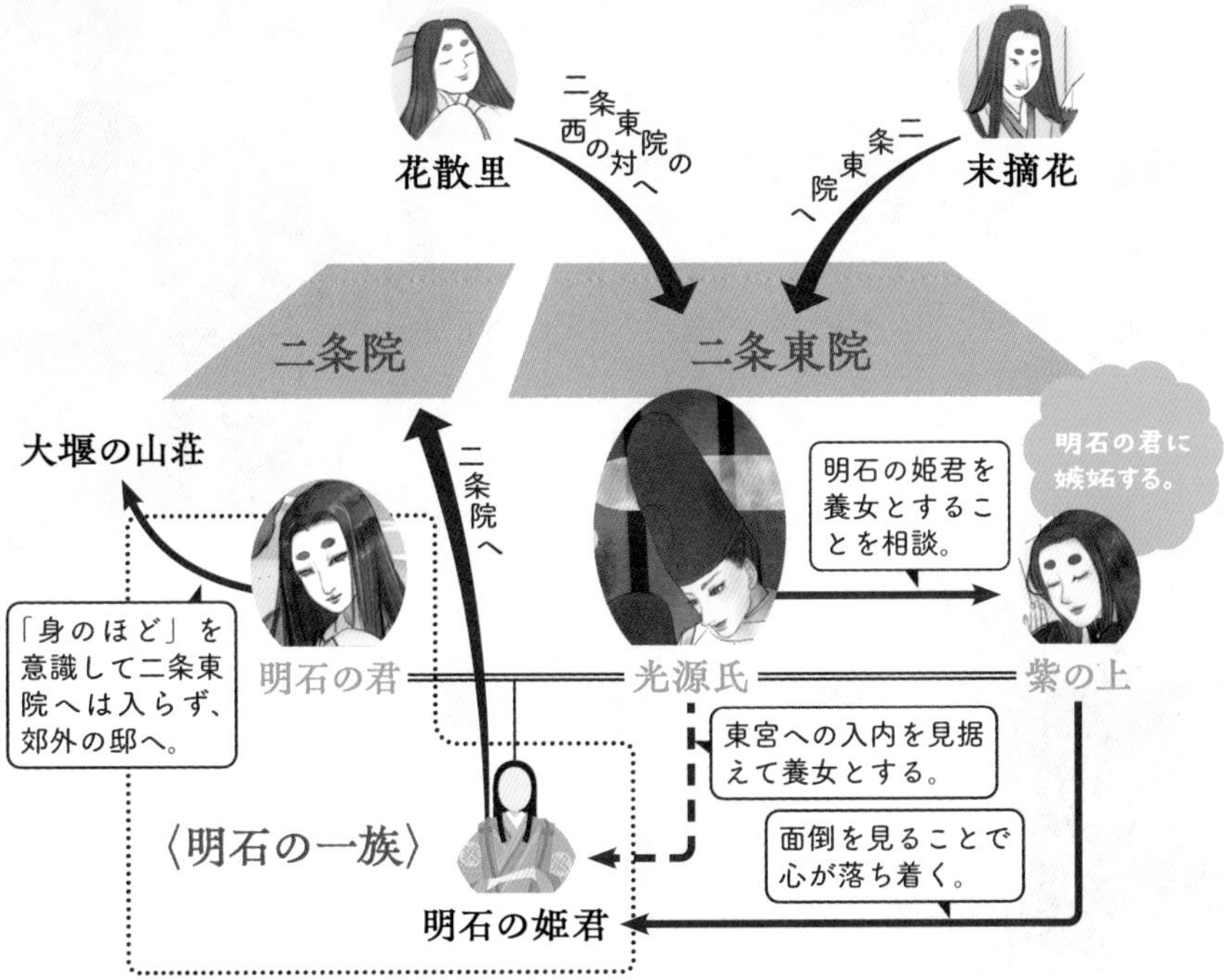

『源氏物語』でわかる!

平安貴族の習慣

摂関政治

『源氏物語』の登場人物たちは、娘を帝や東宮に入内させることに心血を注ぎます。これは、藤原氏が摂政・関白を独占し、政治の実権を握った当時の政治体制に基づく設定です。

　平安王朝で権力の頂点に立つには、天皇の外戚、とくに外祖父となることが不可欠でした。そこで、権力者たちは娘を天皇の妃として入内させ、娘が産んだ皇子を天皇にしようと目論んでいたのです。

摂関政治の仕組み

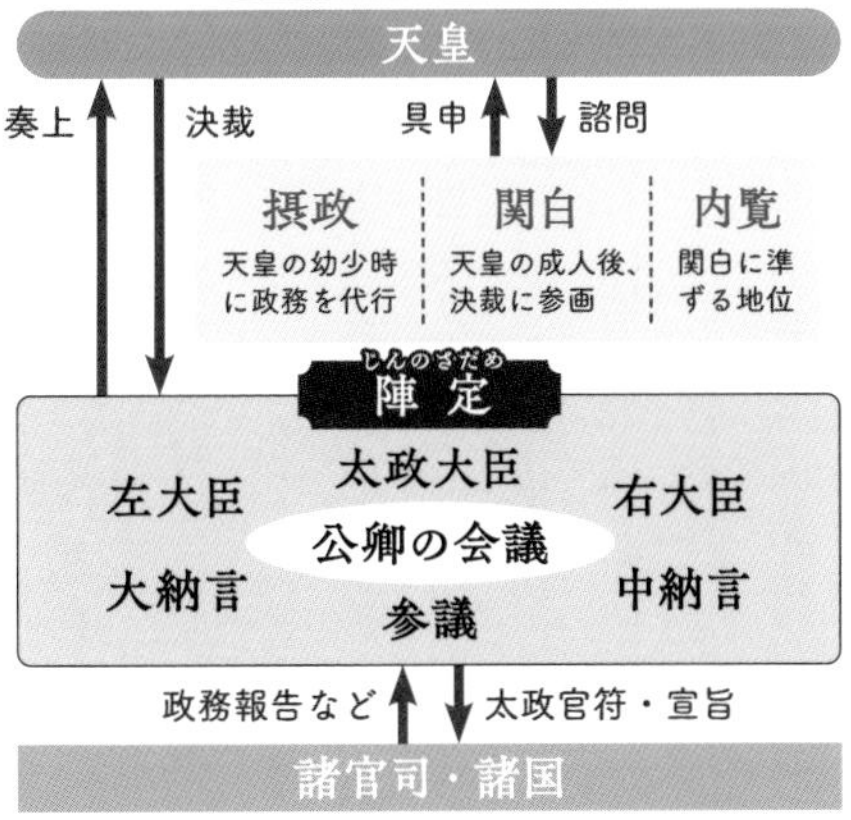

藤壺の死

光源氏の理想の女性は手の届かない存在となる

収録巻

第十九帖「薄雲」

あらすじガイドライン

光源氏の理想の女性・藤壺は、光源氏との間に生まれた子を帝位につけて守りぬきましたが、厄年を迎え、病みつくようになりました。光源氏も冷泉帝も藤壺を見舞い、回復を願いますが、回復の兆しはなく、ついに別れの時が訪れます。

藤壺の病状は次第に重くなり、冷泉帝が見舞いに訪れました。冷泉帝が見ても、母である藤壺はまだ若く女盛りの様子です。もっと母のそばにいたくても、帝という立場ゆえ帰らなくてはいけないのも、つらいことでした。

見舞いに来た光源氏は、几帳《きちょう》のそばまで寄って女房たちに病状を尋ねました。女房たちは、藤壺は何ヶ月も具合が悪く、今では果物の柑子《こうじ》（みかん）さえ手にせず、もうなす術《すべ》がないと泣いて嘆きます。

打ちのめされた光源氏が正気を保とうとしていると、藤壺は光源氏への感謝の言葉を述べ、灯火が消え入るように亡くなりました。世の人々も、情け深かった藤壺の死を惜しみ悲しみました。光源氏はただ泣き暮らして、呆然《ぼうぜん》としています。

そうしたなか、冷泉帝がある僧侶の密奏によって出生の秘密を知ったのです。

僧侶の密奏から出生の秘密を知った冷泉帝

なぜ、そのような秘密をわざわざ当の冷泉帝に告げたのでしょうか。それは、その頃天変地異が続き、帝の母后である藤壺まで崩御したことを天の啓示と恐れ、秘密に耐えられなくなったからと考えられます。

冷泉帝は、父である光源氏を差し置いて帝位にあることに悩み、譲位の意向を漏らします。しかし光源氏は、とんでもないことであると固辞しました。

藤壺の死と光源氏の迷走

藤壺の死後、冷泉帝が出生の秘密を知ったことで光源氏は激しく動揺する。

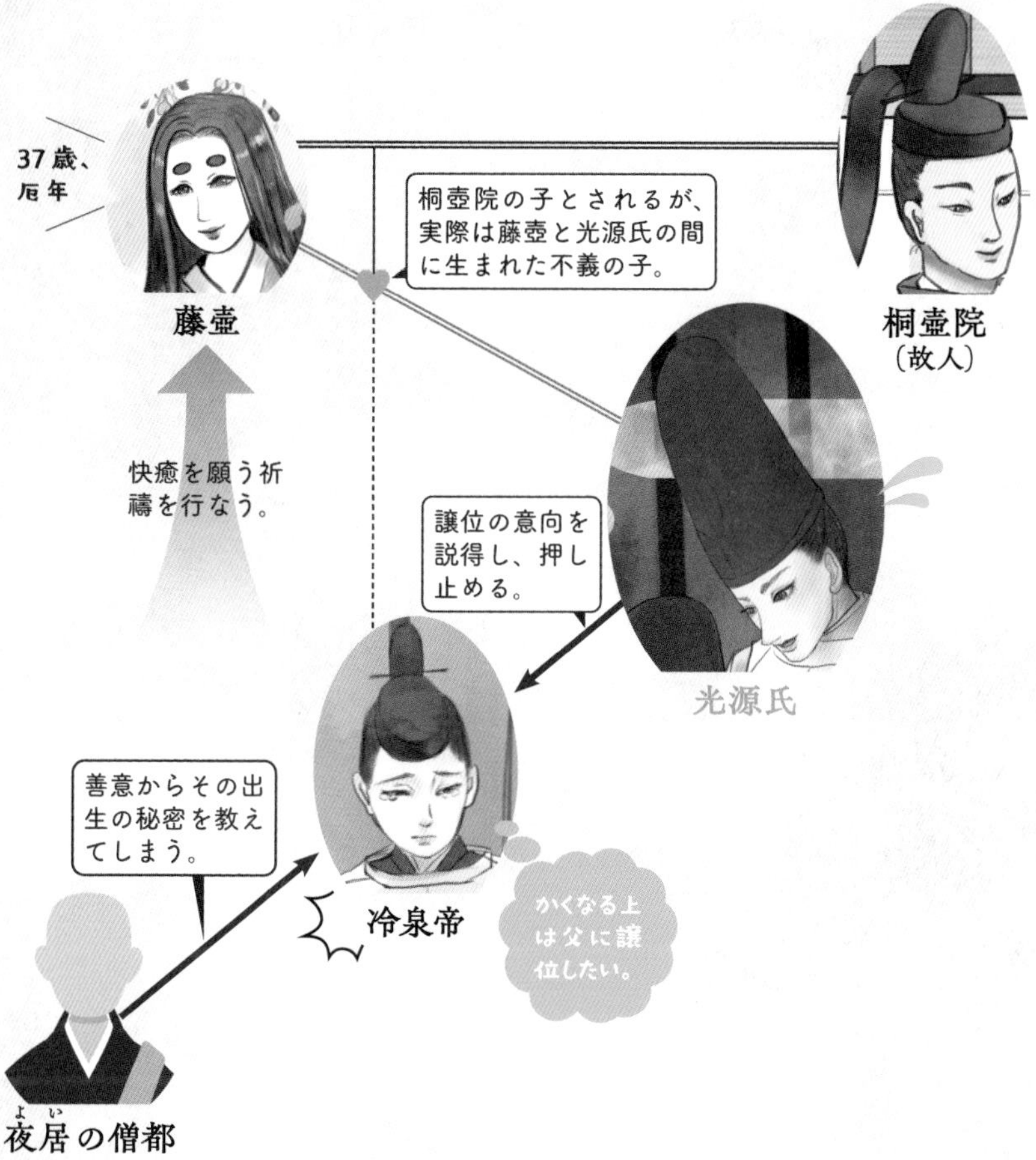

『源氏物語』でわかる！

平安貴族の習慣

ふさわしい寿命があった？

「灯火《ともしび》などの消え入るやうに」という藤壺の死の描写は、法華経にある釈迦《しゃか》の入滅「灯《ともしび》の滅するがごとく」になぞらえたものです。また彼女が没した厄年とはトラブルが生じる年齢のことで、当時は13歳、25歳、37歳、49歳、61歳などが厄年とされました。

なかでも37歳は、女性の体調が崩れやすいといわれ、のちに紫の上が発病して危篤状態となるのも37歳の時です。『源氏物語』では、37歳を理想的な女性の寿命と捉《とら》え、その描写とともに、藤壺の死を、理想的なものとして描いているのです。

あらすじガイドライン

若き日の光源氏が求愛した女性のひとりに朝顔の姫君がいました。藤壺を失った光源氏は、その朝顔に熱心に言い寄るようになります。その光源氏の執心は世の噂《うわさ》になるほどで、紫の上は心穏やかではいられません。

朝顔の姫君

姫君のもとを訪れる光源氏に対し、紫の上が見せた理想的な嫉妬

桃園式《ももぞのしき》部卿宮《ぶきょうのみや》の娘である朝顔は、光源氏のいとこで、賀茂の斎院を務めていましたが、父が亡くなったためその任を退き、父の邸宅に戻っていました。光源氏は邸宅を訪ねたり、歌を送ったりしますが、朝顔の返事はあっさりしたもの。しかし光源氏はますます恋心を募らせます。

朝顔の叔母は、朝顔が光源氏の正妻になることを期待しますが、朝顔にその気はありません。これまで光源氏と関わった多くの女性が苦しんだことを知っているからです。

顔には出せない紫の上の嫉妬心

朝顔との噂は、紫の上の耳にも入りますが、紫の上はそれを表に出すことも、光源氏を責めることもしませんでした。

ある雪の夜、光源氏は、藤壺や朧月夜《おぼろづきよ》、明石の君、花散里《はなちるさと》など、これまでの女性関係を紫の上に話します。光源氏としては、やはりあなたが一番だと伝えるつもりだったのですが、あれこれ聞かされた紫の上はすっかり心を閉ざしてしまいました。

しかもその夜、光源氏の夢に亡き藤壺が現れ、自分たちのことは秘密だったのに、紫の上に話したのが恥ずかしくてつらいと、光源氏を恨み、激しく非難したのです。

夢から覚めた光源氏は、改めて藤壺が手の届かないところに行ってしまったことを実感し、涙するのでした。

収録巻

第二十帖「朝顔」

光源氏を拒絶した朝顔

斎院として奉仕していた朝顔は、光源氏への想いを胸にしまったままにしておこうと思い定めており、光源氏からの求愛を拒否している。

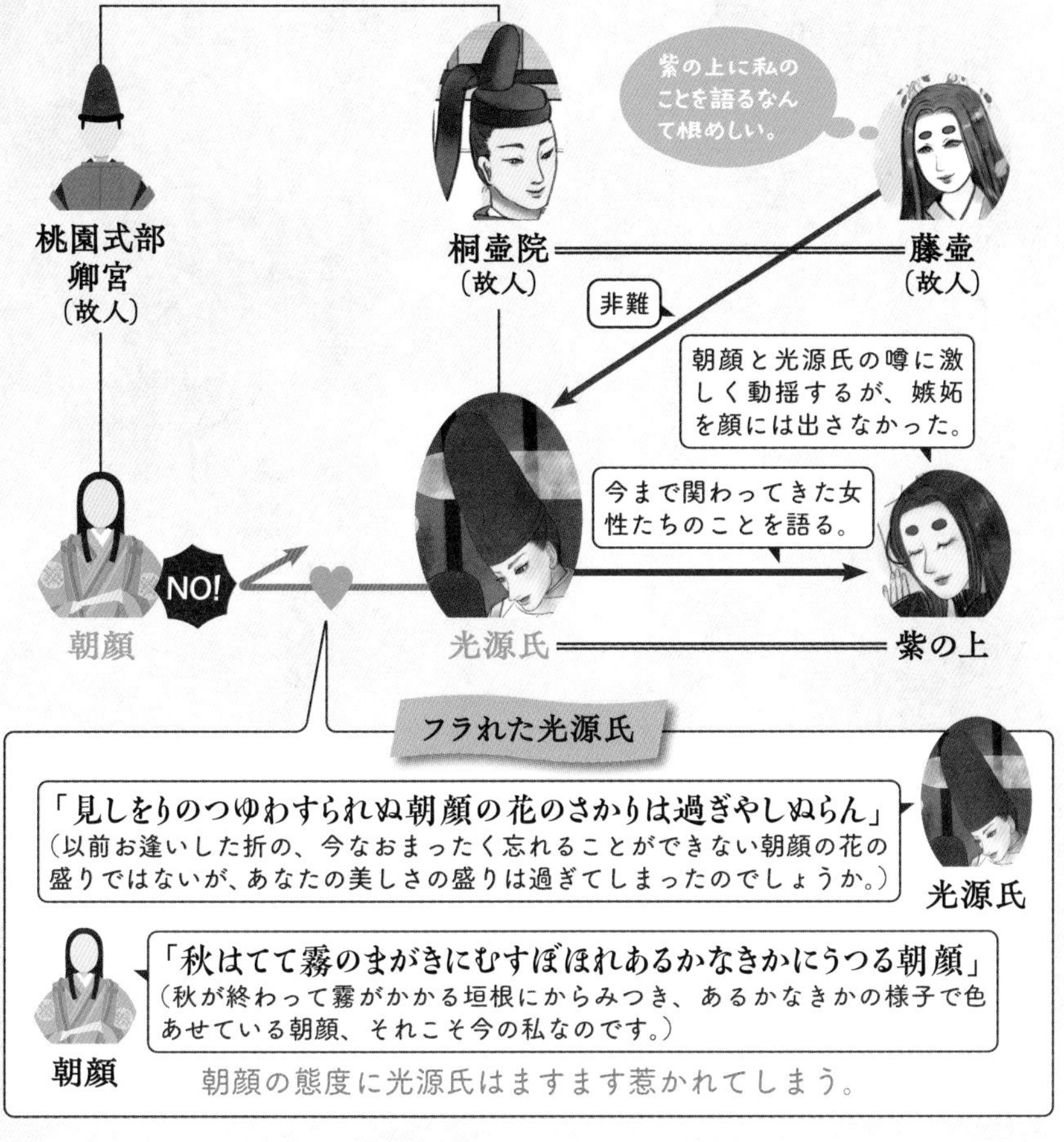

『源氏物語』でわかる！

平安貴族の習慣

賀茂の斎院

朝顔が務めた斎院は、京の都の総鎮守である上・下の賀茂神社の神々を、名代として奉斎する職です。斎宮同様、新天皇即位後、未婚の皇族女性から卜定《ぼくじょう》によって選ばれ、潔斎を経て、３年目の４月上旬に賀茂川で禊《みそぎ》をして賀茂社に参ってから紫野の斎院に入りました。都に近い斎院を訪れる者は多く、後宮とは異なる文芸サロンが形成されていました。

斎宮も斎院も、天皇が代わったり近親者が死亡したりすると務めを退きました。その後は結婚してもよく、入内する女性もいましたし、独身を通す女性もいました。

光源氏の教育

12歳で元服を迎えた夕霧に、光源氏は試練を課す

収録巻
第二十一帖「少女」

あらすじガイドライン

光源氏と葵の上の間に生まれた夕霧が、12歳を迎えて元服しました。通常なら官人として高い位につくところ、光源氏はあえて息子を低い位に置きます。祖母の大宮《おおみや》は不憫に思いましたが、これは光源氏ならではの教育方針でした。

母の葵の上を亡くしている夕霧は、母方の祖母・大宮のもとで成長しました。その身分上、四位の官位を蔭位《おんい》の制によって得られます。ところが光源氏は、夕霧を六位という低い位にしたのです。これは異例のことでした。

当時は官位によって衣の色まで決まっていたので、夕霧の官位が低いということはひと目でわかります。孫を憐《あわ》れむ大宮に、光源氏は自分の教育方針を披露しました。

親の身分によって努力もせずに官位を得ても、後ろ盾がなくなったらすぐ凋落《ちょうらく》してしまう。だから夕霧には、しっかり学問を修めてほしいというのです。また光源氏は、夕霧を大学寮に入れました。これは中・下流の貴族の子息が学ぶ、官人の養成機関です。

当初は不満に思った夕霧も、学問に励んで優れた成績を挙げるようになりました。

内大臣によって引き離された夕霧と恋人

その頃夕霧は、内大臣（頭中将）の娘・雲《くも》居雁《いのかり》と恋仲になっていました。雲居雁も大宮のもとで育っていたので、ふたりは幼なじみで、すでに契りを交わしています。

しかし、これを知った内大臣は激怒しました。雲居雁を東宮《とうぐう》に入内させようとしていたのに、これでは断念せざるをえません。内大臣は雲居雁を自分の邸宅に連れて行き、ふたりの仲を引き裂いてしまいました。

“大人の事情”で引き裂かれた夕霧と雲居雁

光源氏の期待に応え、順調に学問を修めた夕霧は、内大臣の娘の雲居雁と恋仲となっていた。しかし、内大臣が雲居雁を東宮に入内させて光源氏に対抗しようとしていたため、彼女との仲は激怒した内大臣に引き裂かれてしまう。

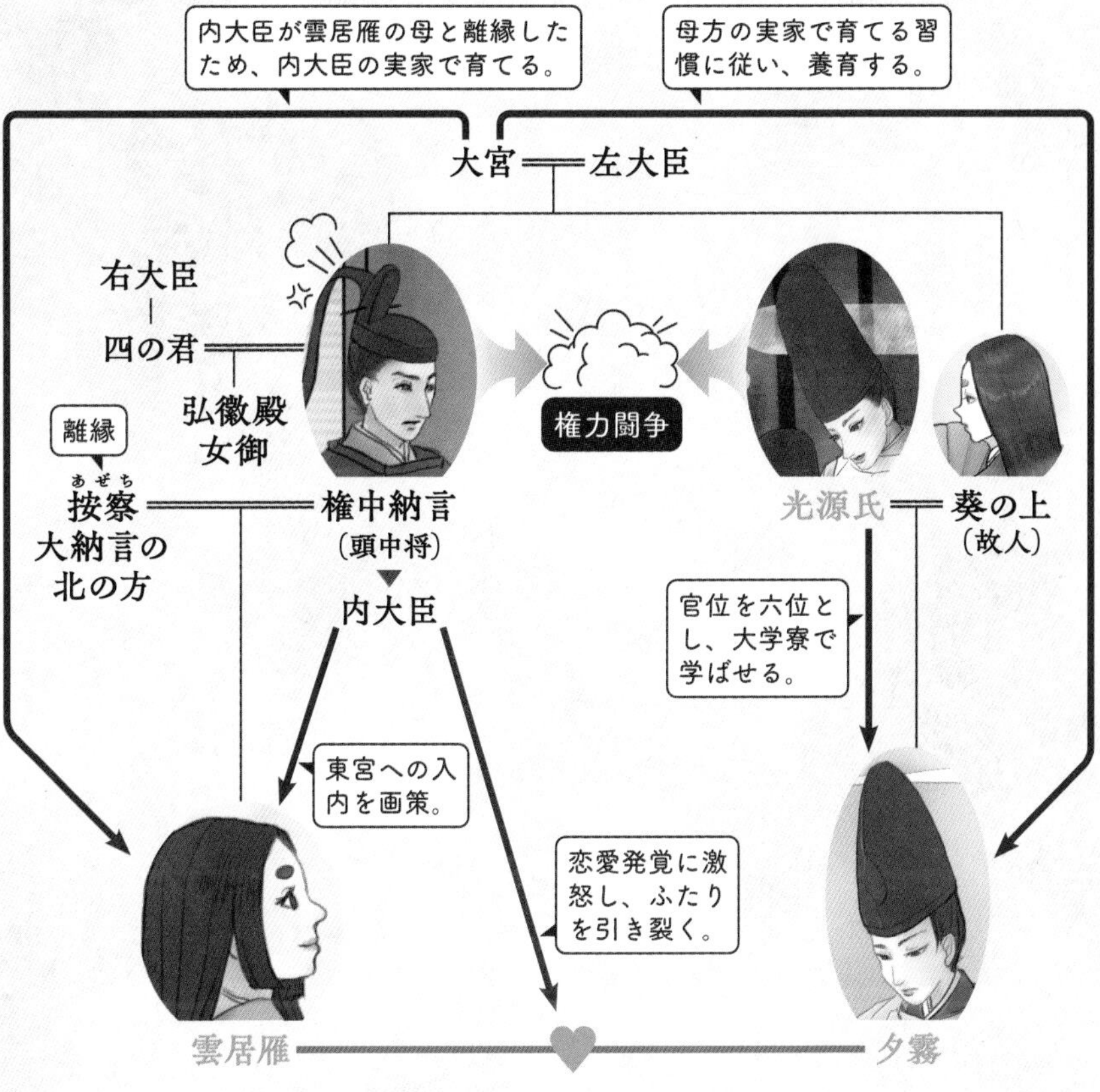

『源氏物語』でわかる！

平安貴族の習慣

蔭位の制

夕霧が利用してもらえなかった蔭位の制は、門閥貴族に対する優遇制度です。蔭位とは、「父祖のお蔭で位を得る」という意味で、唐の律令制において貴族に職務を続けさせるため始まったものでした。

律令制下では、五世王以上の子、五位以上の貴族の子、および三位以上の貴族の孫がそれぞれの父祖の位階に応じて一定の位階に叙せられたため、身分の固定化につながりました。

官位は非常に細かく分かれていますが、八位から始まって一位に上がる順となっています。

あらすじガイドライン

権力の中枢についた光源氏は、広大な敷地を領有して、六条院を完成させました。六条院は4つの町から成り、四季折々の趣向が凝らされています。光源氏は愛する女性たちをそれぞれの季節に応じて住まわせ、六条院を舞台として雅《みやび》な生活を送ります。

六条院

光源氏の美意識が反映された邸宅が完成し、四季に合わせて愛する女性たちが配される

愛する女性たちを一ヶ所に集めた邸宅を造るのは、光源氏が二条院に住んでいた頃から構想していたものでした。それを実現したのが六条院で、4町に区切られ、総面積は約6万3500平方メートル、およそ1万9000坪、南西部分は六条御息所が娘に残した土地で、それを取り込んだ造営です。

南東には光源氏と紫の上が住み、紫の上が好む春の花木が配されました。南西は、梅壺女御と呼ばれていた秋好中宮《あきこのむちゅうぐう》が里下がりの際に住む、秋の紅葉の眺めが美しい町です。北東は花散里が住む夏の景観が引き立つ町で、北西は明石の君の冬の町です。冬の町には寝《しん》殿《でん》がない一方、北側にその富を示す御倉町《みくらまち》が置かれました。

栄華の舞台で繰り広げられる華やかな行事

正月の六条院には、年賀の人々がひっきりなしにやって来ます。光源氏は夕方になってから六条院を巡り、歌を詠み交わします。女性たちは、光源氏から贈られた衣装を身につけて出迎えます。正月ならではの華やかな行事の数々も行なわれました。

3月には、春の町で船楽《ふながく》が開催されました。女房たちを乗せた竜頭鷁首《りゅうとうげきしゅ》の舟が池を回ります。竜頭鷁首の舟とは、竜の頭と空想上の鳥である鷁《げき》の首を装飾とした2艘《そう》の舟。その有様は極楽のようだと賛嘆されました。光源氏はこうして、その威勢を示したのです。

収録巻

第二十一帖「少女」
（第二十三帖「初音」）
（第二十四帖「胡蝶」）

六条院の華やぎ

太政大臣となった光源氏は、六条御息所が住んでいた土地を取り込み、４町に分けて、それぞれ春夏秋冬を表現した邸宅を建設すると、それぞれにゆかりの女性を配し、自身の美意識を反映した世界を作り上げた。

冬の町（北西の町）

明石の君が住む、冬を表現した町。松を多く茂らせ、雪景色が美しく映えるよう設計された。

夏の町（北東の町）

呉竹などを植え、夏の景色を表現した花散里の住まい。のちに玉鬘も西の対に相住した。

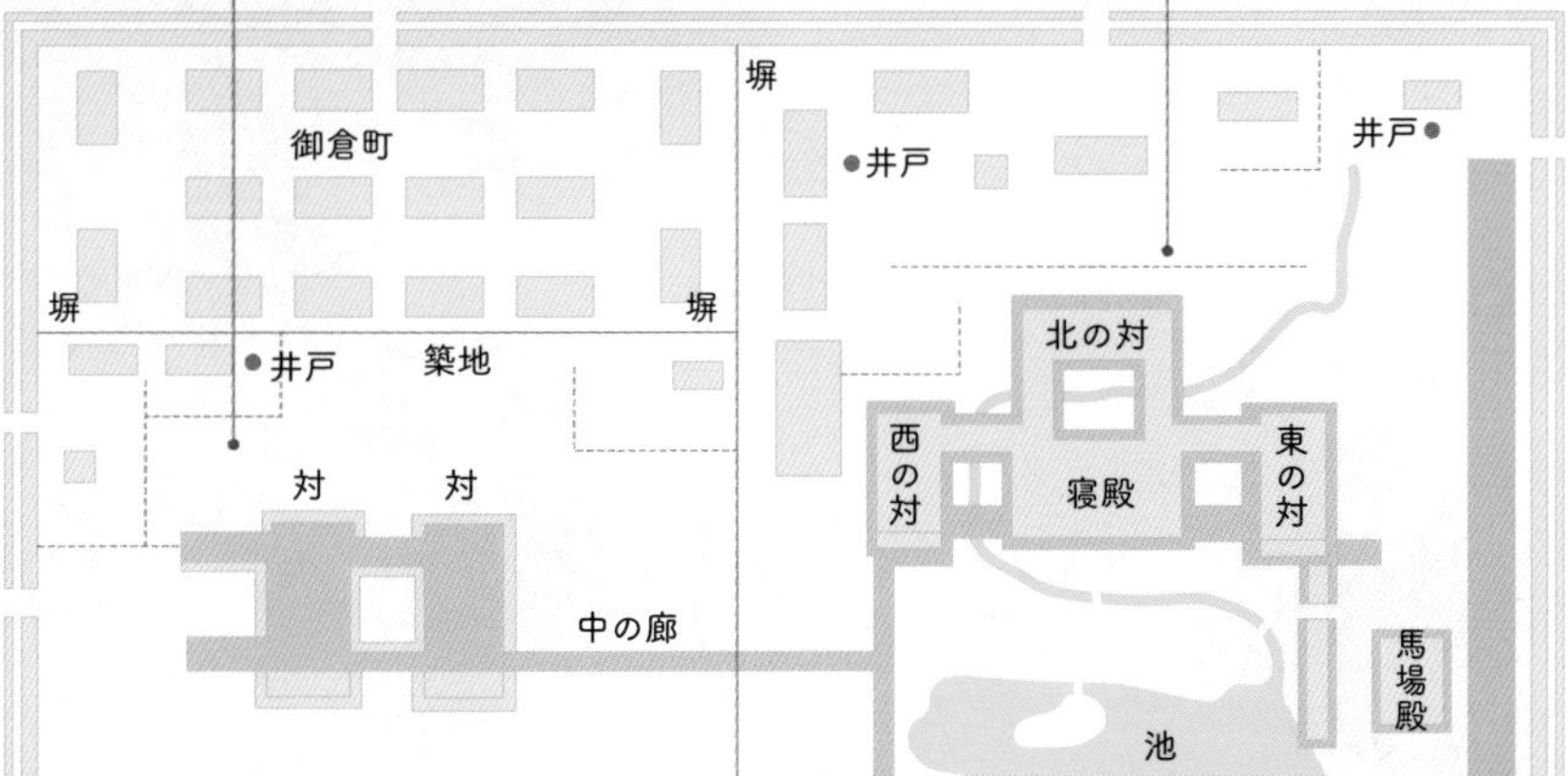

秋の町（南西の町）

秋を好んだ秋好中宮が里下がりの際に住む御座所。築山に紅葉となる木々が植えられるなど、秋の野を表現した。

春の町（南東の町）

春を好んだ紫の上を配した町。光源氏も正妻が住むこの町で生活した。のちに女三の宮が光源氏に嫁ぐと、紫の上は寝殿から東の対へ移った。

※出典：『２時間でおさらいできる源氏物語』竹内正彦／考証・作図：玉上琢彌

第4章

光源氏の栄華と玉鬘

――絶頂期に向かう光源氏と養女を巡る恋の争い

年表で眺める『源氏物語』第４章

光源氏の年齢	巻名	できごと
	巻名	できごと
35	玉鬘《たまかずら》	・夏4月、玉鬘が筑紫から上京する。 ・秋9月、玉鬘、長谷寺にて右近と出会う。 ・冬 10 月、光源氏、玉鬘を六条院に迎える。
36	初音《はつね》	・春正月、光源氏、六条院の女君たちのもとを巡る。
	胡蝶《こちょう》	・春3月、六条院で春の船楽が行なわれる。 ・夏、光源氏、玉鬘への懸想文《けそうぶみ》を批評する。
	蛍《ほたる》	・蛍兵部卿宮《ほたるひょうぶきょうのみや》、蛍の光によって玉鬘の姿を見る。
	常夏《とこなつ》	・内大臣（頭中将《とうのちゅうじょう》）、近江《おうみ》の君《きみ》の処遇に悩む。
	篝火《かがりび》	・秋、光源氏と玉鬘、篝火に寄せて歌を贈答する。
	野分《のわき》	・秋8月、野分襲来。夕霧、紫の上を垣間見る。
	行幸《みゆき》	・冬 12 月、大原野行幸《おおはらのみゆき》が行なわれる。
37	藤袴《ふじばかま》	・秋、玉鬘の尚侍《ないしのかみ》出仕が決まる。
	真木柱《まきばしら》	・冬 10 月頃、玉鬘が鬚黒《ひげくろ》と結婚する。
38		・春正月、玉鬘、参内するも鬚黒に連れ戻され、冬 11 月、鬚黒の男児を生む。
39	梅枝《うめがえ》	・春2月、六条院で薫物合《たきものあわせ》が行なわれる。 ・明石の姫君の裳着《もぎ》が行なわれる。
	藤裏葉《ふじのうらば》	・夏4月、夕霧《ゆうぎり》が雲居雁《くもいのかり》と結婚する。 ・明石の姫君、東宮《とうぐう》に入内《じゅだい》する。 ・秋、光源氏、准太上天皇《じゅんだいじょうてんのう》となる。 ・冬 10 月、光源氏、六条院にて冷泉帝《れいぜいてい》と朱雀院《すざくいん》の行幸を迎える。

6つの場面でわかる!

『源氏物語』のあらすじ
―「玉鬘」から「藤裏葉」まで

亡き夕顔の娘・玉鬘《たまかずら》を光源氏が六条院に迎えると、その美貌《びぼう》は瞬く間に噂《うわさ》となり、彼女のもとに求婚者が殺到。玉鬘を巡る求婚レースが始まります。

其の3
近江の君
内大臣
近江の君
内大臣の娘として迎えられた近江の君が、突飛な言動で失笑を買う。(▶P.84)
其の4
冷泉帝の野行幸
冷泉帝が大原野へと野行幸に出かけ、壮麗な行列が出発する。(▶P.88)
真木柱
其の5
玉鬘の結婚
冷泉帝への入内が直前に迫るなか、意外な人物が玉鬘を妻にする。(▶P.90)
其の6
栄華の日々
夕霧が雲居雁との恋を成就させる。また、光源氏は、冷泉帝より太上天皇に準じる位として、准太上天皇の位を下賜される。(▶P.92)
光源氏
紫の上
夕霧
雲居雁

玉鬘の上京

筑紫で美しく成長した、夕顔の娘に集まる求婚者たち

あらすじガイドライン

六条院を造営した光源氏の前に、意外な女性が登場します。かつて光源氏と愛し合い、廃院で急死した夕顔《ゆうがお》の娘・玉鬘《たまかずら》です。美しく成長した玉鬘は、ある偶然のできごとから光源氏よって六条院に引き取られることとなります。

収録巻

第二十二帖「玉鬘」
第二十三帖「初音」

かつて光源氏と愛し合った夕顔は、実は頭中将《とうのちゅうじょう》の愛人「常夏《とこなつ》の女」で、ふたりの間には女の子が生まれていました。夕顔の死は内密にされたので、突然行方不明になったと思われていました。

残された娘を育てたのは乳母《めのと》で、夫が大宰《だざい》府《ふ》に赴任したため、この娘を連れて都を離れ、筑紫《つくし》で暮らしていました。この娘が玉鬘と呼ばれる女性です。

20歳になった玉鬘の美しさは評判を呼び、求婚者が引きも切りません。そのなかに、強引で好色な在地の有力者がいたため、乳母たちは玉鬘を連れて逃げ出し、京に上りました。

しかし都には頼る人もおらず、困った一行は大和の長谷寺《はせでら》へ神頼みに出かけました。

するとそこに、夕顔の侍女だった右近《うこん》がいるではありませんか。右近は紫の上の侍女を務めながらも、玉鬘のことを気にかけていたので、再会を祈願して長谷寺に参詣《さんけい》したところだったのです。

実の父の内大臣を差し置いて玉鬘を引き取った光源氏

夕顔を忘れていなかった光源氏は、右近からこの報告を聞いて喜び、玉鬘を六条院に引き取ることにします。そこで玉鬘と初めて対面し、想像以上の美しさに気をよくします。

玉鬘の実の父・内大臣でも喜んで引き取るところでしたが、光源氏は内緒のまま事を運び、後見を花散里《はなちるさと》に依頼しました。

大きく動き出した玉鬘の運命

夕顔と頭中将の娘・玉鬘は、乳母に養育されて九州にあったが、高圧的な求婚者・大夫監《たいふのげん》を逃れ上京。大和の長谷寺で紫の上に仕える右近と再会したことから、その運命は大きく動き出す。

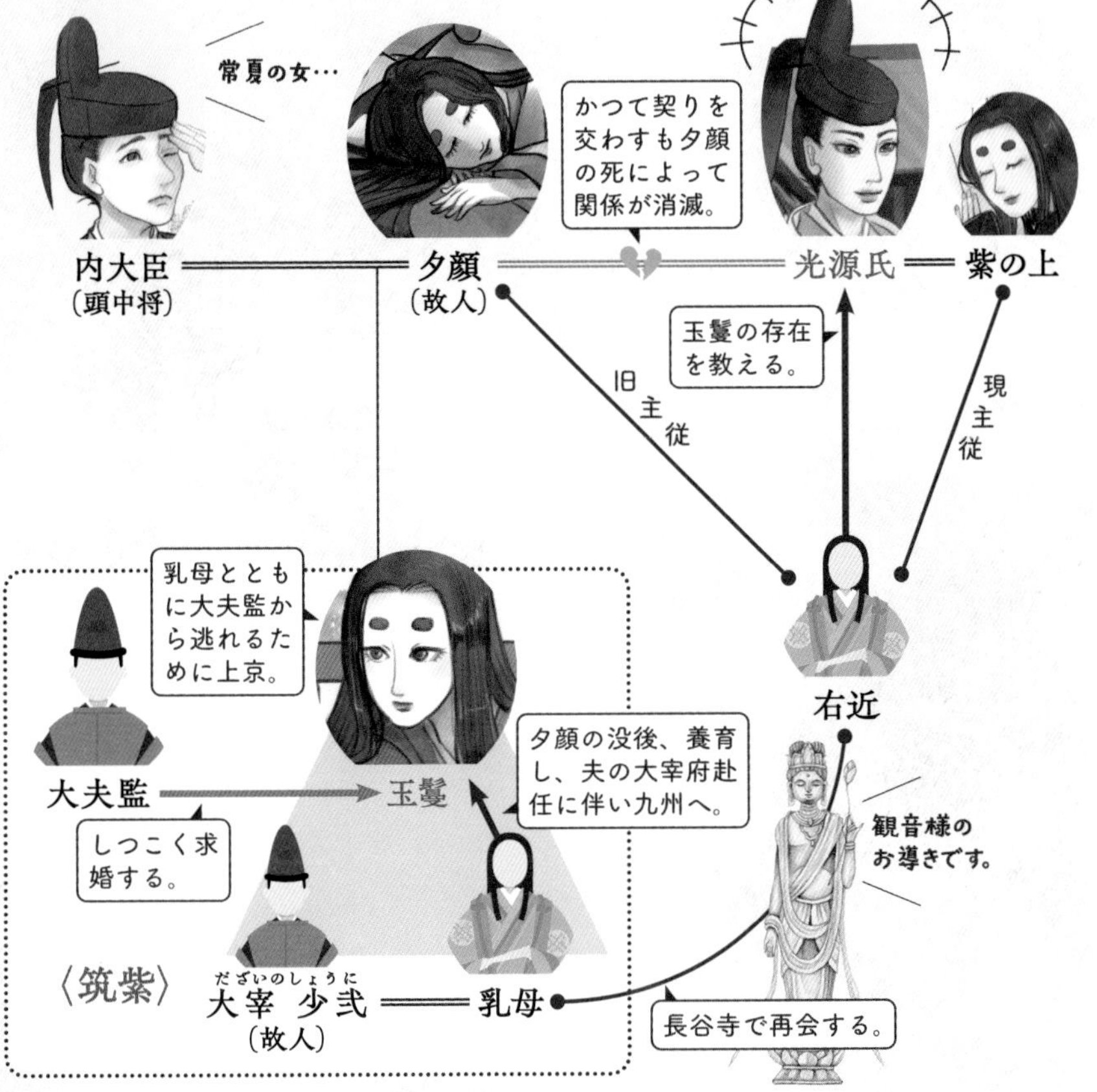

『源氏物語』でわかる!

平安貴族の習慣

観音信仰と物詣

観世音菩薩《かんぜおんぼさつ》に願いごとをして、現世利益にあずかろうとするのが、観音信仰です。

様々な姿で人の前に現れ、願いをかなえてくれる観音菩薩への信仰は平安時代に高まりを見せ、とくに女性たちの人気を集めていました。寺院としては、長谷寺、清水寺などの寺が信仰を集めました。『源氏物語』ゆかりの石山寺もそのひとつです。

めったに外出しない平安時代の女性たちにとって、宿泊を伴う寺院参詣は格好の息抜きで、こうした旅を物詣《ものもうで》と言います。彼女たちは夫の出世やわが子の将来の幸福などを、熱心に祈りました。

あらすじガイドライン

六条院に引き取られた玉鬘の美しさは、すぐに評判となり、多くの貴公子が恋文を寄せてきました。光源氏はそれらを読み、あれこれ批評しては面白がっています。しかし実のところ、光源氏自身が玉鬘に恋心を抱き、求婚者たちに嫉妬していたのです。

玉鬘と求婚者たち

養女に対する慕情を我慢できず、
光源氏は思いを打ち明けてしまう

収録巻
第二十四帖「胡蝶」
第二十五帖「蛍」

玉鬘の求婚者たちのなかでも熱心なのが、光源氏の異母弟の蛍兵部卿宮《ほたるひょうぶきょうのみや》、鬚黒《ひげくろ》大将、内大臣の子・柏木《かしわぎ》でした。

光源氏は彼らからの恋文を読んでは、蛍兵部卿宮は独身だが浮気性だから苦労しそうだ、鬚黒は北の方がいるのになどと、人物評をして楽しんでいます。

嫉妬の裏返しで求婚者をけしかける光源氏

ある夕方、光源氏は玉鬘の手を取って思いを打ち明けると添い寝します。玉鬘は、自分が内大臣と夕顔の子であることを聞かされていましたが、震えて困惑するばかりで、さすがに光源氏も自制して立ち去りました。

五月雨のある夕べ、蛍兵部卿宮を呼び寄せた光源氏は、玉鬘がいる几帳の中に突然たくさんの蛍を放ちました。青白い光の中に、玉鬘の美しい横顔が照らし出されます。玉鬘は驚いて奥に逃げましたが、蛍兵部卿宮はますます玉鬘に夢中になりました。求婚者をけしかける光源氏の行動には、恋心を持て余す心情がうかがえます。

ある時、光源氏は、物語に熱中している玉鬘に、「日本書紀のような歴史書に書いてあることは真実のほんの一面です。この世の人の有様を伝えるのは物語なのですよ」と語りました。そして光源氏は、「私たちの物語を、世に語り伝えませんか」とまたもや玉鬘に言い寄るのでした。

玉鬘に求婚する男たち

六条院に引き取られた玉鬘の噂が広まると、玉鬘のもとには求婚者が殺到することとなる。

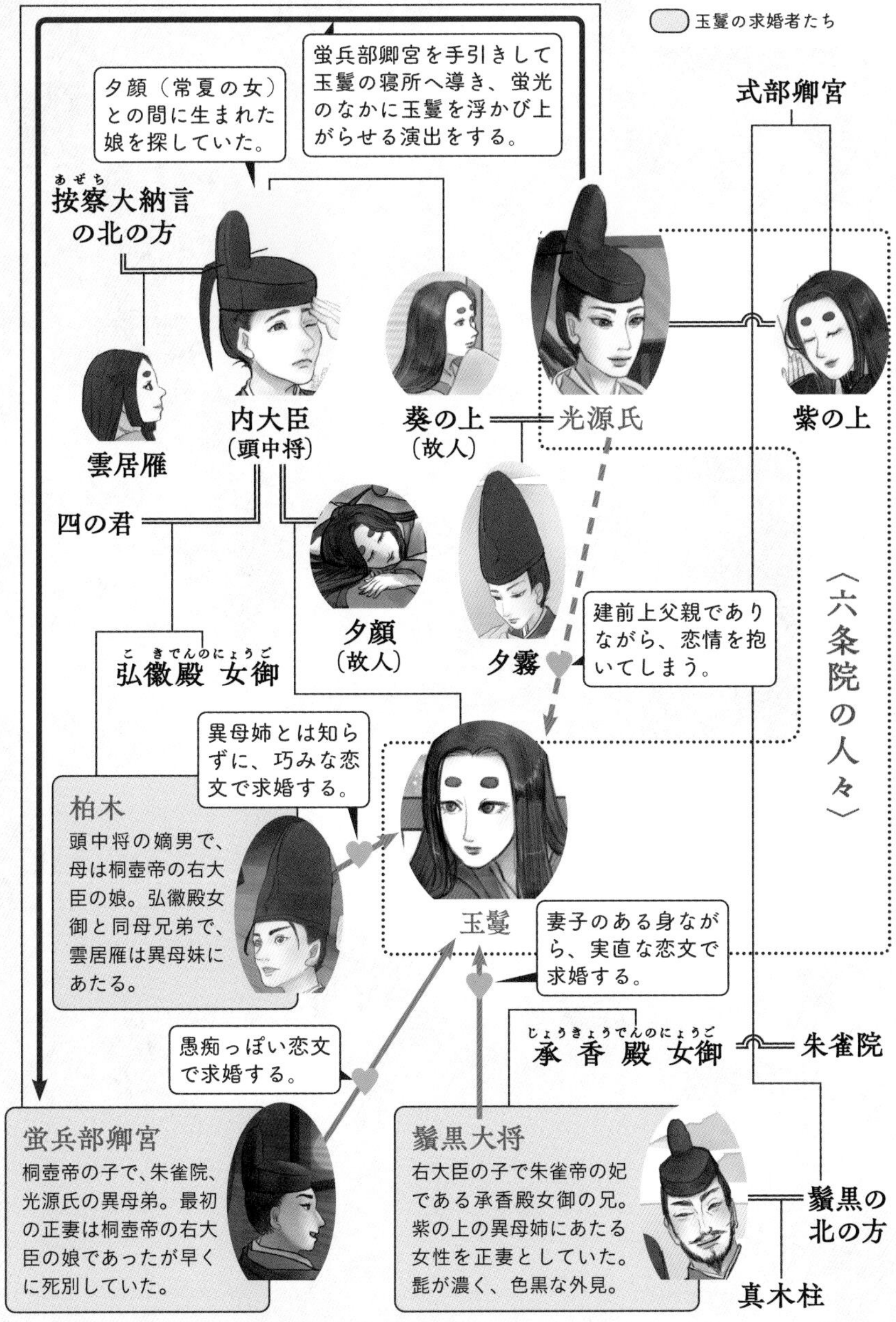

あらすじガイドライン

光源氏の権勢に一矢報いるべく、内大臣は入内《じゅだい》させるための娘がいないか探していました。しかしいくら夕顔の娘を探しても、行方は知れぬまま……。するとそこに、近江《おうみ》の君《きみ》という娘が名乗り出てくるのでした。

近江の君

光源氏に敗れて焦る内大臣が招き入れてしまった〝家の恥〟

収録巻
第二十六帖「常夏」
第二十七帖「篝火」

光源氏は、内大臣が近江の君という女性を引き取ったことを聞きます。

内大臣は、悔しい思いでいました。娘の弘徽殿女御を冷泉帝に入内させたものの、光源氏の養女・梅壺女御が中宮となったため、またも遅れを取ってしまいました。もうひとりの娘・雲居雁《くもいのかり》は光源氏の息子・夕霧《ゆうぎり》とのことがあるため入内はさせられません。しかも光源氏は、新たに玉鬘という美しい娘まで迎えたというではありませんか。権力争いに負け続けるなか、近江の君が名乗り出てきたため、内大臣はこれ幸いと迎え入れました。

ところがこの娘は、早口でよくしゃべり、双六《すごろく》に熱中して慎みのない態度を取る有様。まったく貴族のたしなみを身に着けていない人物だったのです。

弘徽殿女御をも困らせた内大臣不肖の娘

〝家の恥〟とまで言われるようになった近江の君を持て余した内大臣は、彼女を弘徽殿女御に仕えさせることにします。大喜びした近江の君でしたが、またも妙な和歌を詠んで、笑いものになってしまいました。

光源氏は、この近江の君の話を聞いて、内大臣は思いやりがないと皮肉を言います。娘の存在を急いで世間に知らせなくても、まずは手元に置いて面倒を見ればいいというのです。これを聞いた玉鬘は、ならば自分は幸運なのだろうかと思うのでした。

心配事の尽きない内大臣

光源氏への対抗策として、近江の君を迎え入れた内大臣であったが、あまりの教養のなさに心配事が増えてしまう。

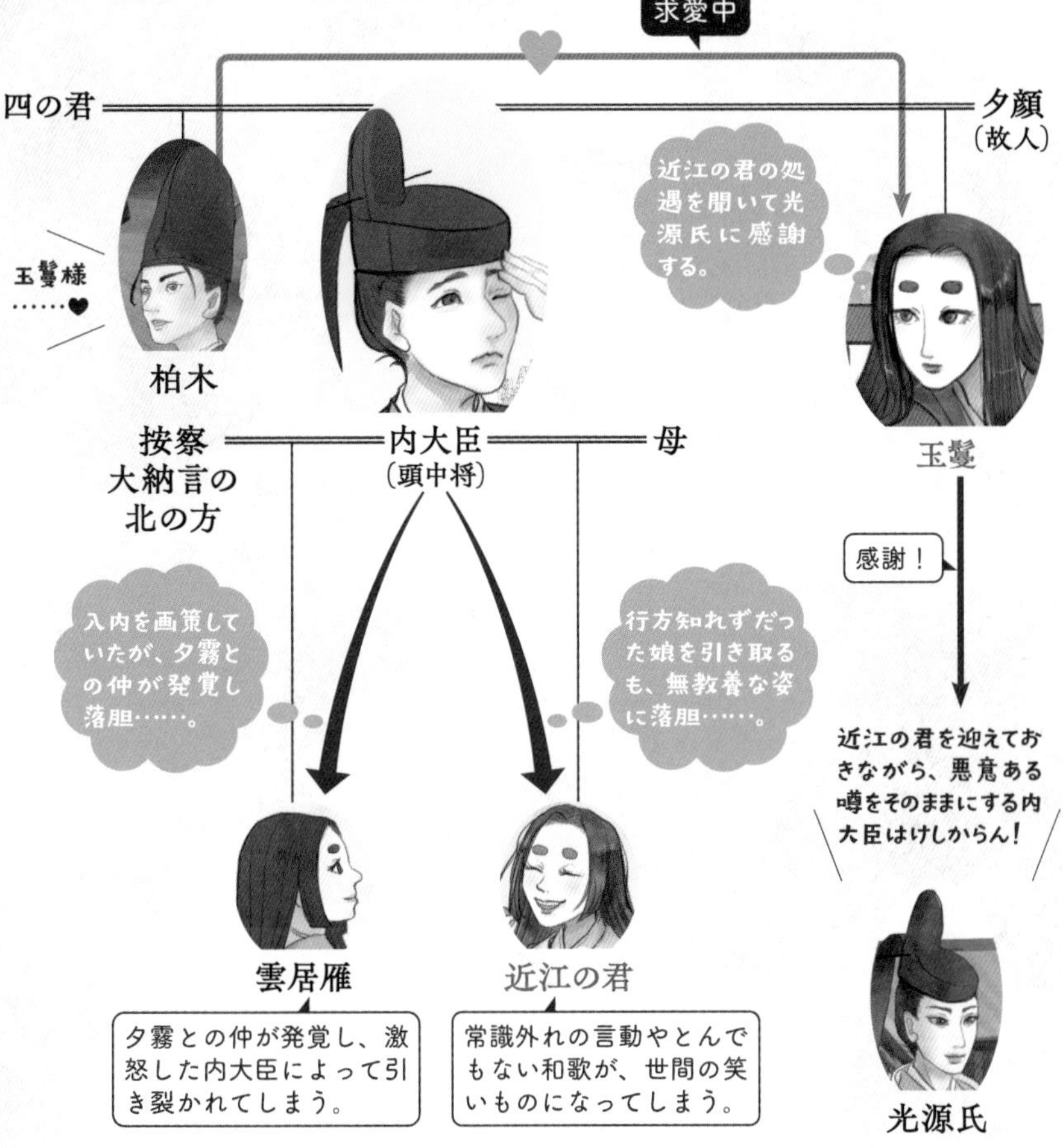

『源氏物語』でわかる！

平安貴族の習慣

貴族の日記

藤原道長の『御堂関白記』、藤原実資の『小右記』など、平安時代の日記は貴族の男性が漢文を用いて、宮中や役所の行事、出来事を書き記すものでした。いわば仕事上の備忘録で、子孫にも伝えられました。

これに対し、自分の心情や生活を語る日記は、紀貫之《きのつらゆき》の『土佐日記』によって始まりました。

その後、『蜻蛉《かげろう》日記』『紫式部日記』『和泉式部日記』『更級《さらしな》日記』など、女性による日記が書かれました。これらは自己の内面を深く見つめた、優れた文学作品として後世に伝えられました。

あらすじガイドライン

紫の上と夕霧は、義理の母子《おやこ》という関係ですが一度も対面したことがありません。しかし夕霧は、六条院で少し開いていた隙間から、紫の上の姿を見て胸をときめかせます。夕霧は、父である光源氏が愛する女性たちについて、さまざまな感慨を抱くのでした。

紫の上と夕霧

美しき義母を垣間見、心惹かれる夕霧

収録巻

第二十八帖「野分」

ある秋のこと。都に野分《のわき》が吹き荒れ、六条院も影響を受けました。その見舞いとして六条院を訪れたのが夕霧です。激しい風のため戸の隙間が少し開いていたので、夕霧が中を覗《のぞ》くと、奥の方に坐《すわ》っている気高い女性がいます。それが紫の上でした。

その美しさに心奪われた夕霧は、父が今まで会わせてくれなかったことに納得しました。

夕霧は知らぬことですが、光源氏は義理の母にあたる藤壺と密通する罪を犯しています。息子には、そのようなことをさせたくないという意識があったのでしょう。

翌朝夕霧は、光源氏の使いとして秋好中《あきこのむちゅう》宮《ぐう》のもとを訪れます。秋好中宮も夕霧には心を許して接します。

光源氏と紫の上がいる春の町に帰って来た夕霧の様子に、光源氏は紫の上が垣間見《かいまみ》されたことに気づきました。

六条院を巡る夕霧　玉鬘と光源氏の関係に驚く

その後夕霧は、光源氏に従って、秋好中宮、明石の君、玉鬘、花散里のもとを訪れます。玉鬘のもとでは、光源氏が玉鬘を懐に抱かんばかりにして戯れているのを目撃し、親子らしからぬ様子に不審を抱きます。

このように、「野分」では夕霧の視点を通して、野分のため少し秩序の乱れた六条院の様子が語られるのです。

夕霧の六条院巡り

野分（台風）が京を襲ったあと、六条院へ見舞いに訪れた夕霧は、光源氏の命によって六条院を巡り、彼の視点から六条院の様子が語られる。

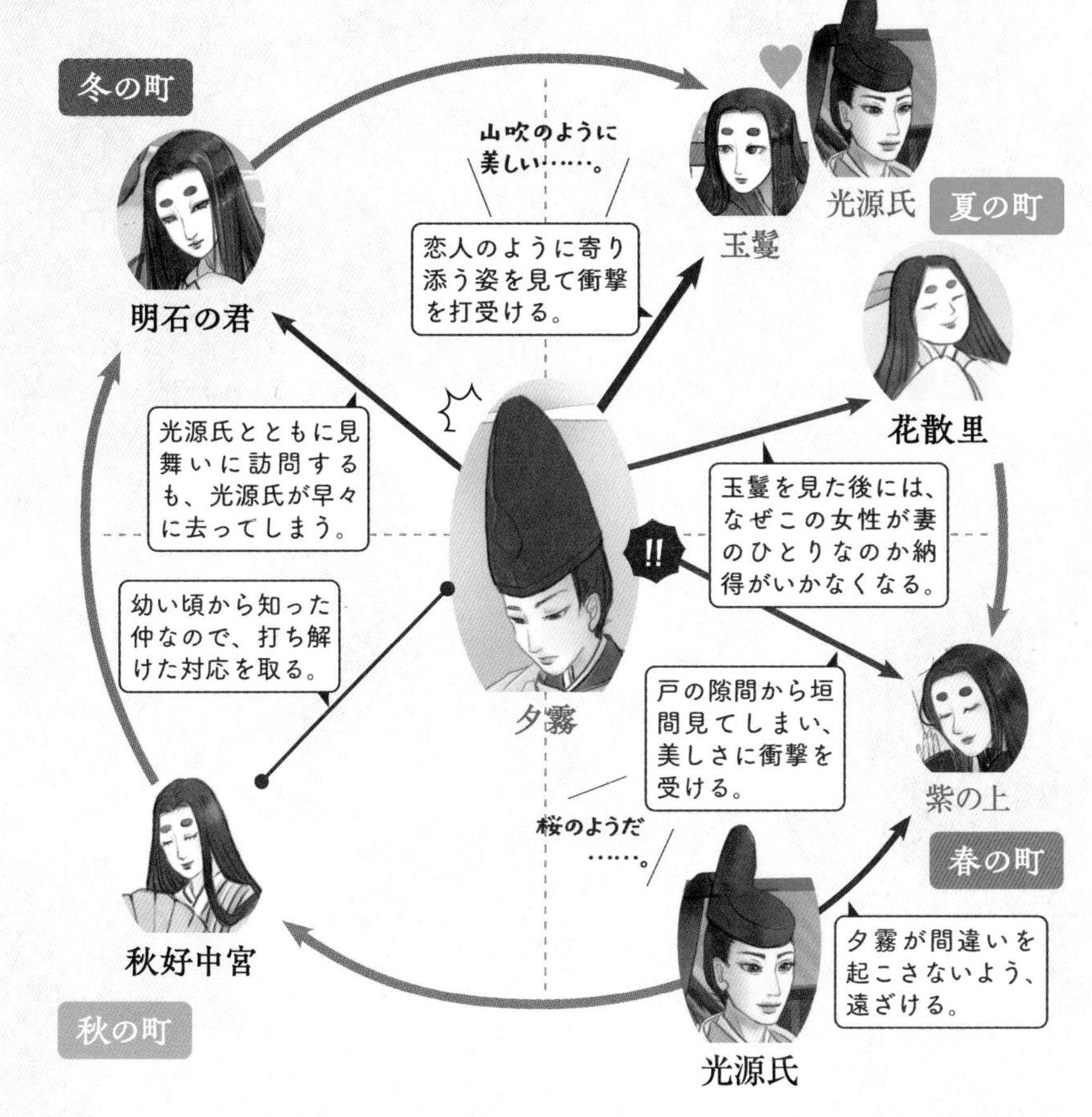

『源氏物語』でわかる!

平安貴族の習慣

垣間見で始まる恋

平安時代の男性は、美しい女性の噂や、奏でている楽器の音を耳にしただけで恋をしました。

一方で紫の上を見た夕霧のように、塀や戸の隙間《すきま》、めくれ上がった御簾《みす》などから、故意、偶然問わず部屋の中にいる女性を見てしまうことを垣間見といい、女三の宮を垣間見した柏木、大君を垣間見した薫などのように激しい恋に落ちるきっかけとなりました。

こうした垣間見から始まる恋は、『源氏物語』だけでなく多くの物語に描かれています。

冷泉帝の野行幸

野行幸へ出かける冷泉帝の尚侍となる玉鬘
求婚者たちの焦燥がピークに達する

あらすじガイドライン

光源氏の思惑も介在し、ますます混沌とする玉鬘への求婚レース。自身の恋心に悩んだ光源氏は、この状況を打開する秘策を思いつきます。それはなんと玉鬘を手放すこと。冷泉帝のもとに入内させてしまおうというのでした。

収録巻
第二十九帖「行幸」
第三十帖「藤袴」

多くの求婚者が殺到する玉鬘ですが、光源氏は、彼女を求婚者の誰かと結婚させるのは面白くありません。そこで、冷泉帝のもとに入内させようと考えました。

しかし冷泉帝の後宮にはすでに秋好中宮も弘徽殿女御もおり、玉鬘はそこに入って張り合うことになるので気が進みません。

戸惑う玉鬘を見た光源氏は、大原野《おおはらの》への野《の》行幸《ぎょうこう》（帝の狩り）の見物に玉鬘を出かけさせます。玉鬘が冷泉帝を見れば、端然とした美しさに惹《ひ》かれるだろうと考えたのです。

ようやく心を決めた玉鬘に夕霧も求婚者として立候補

こうして、光源氏の思惑通り、玉鬘は冷泉帝に惹かれ、入内することになりました。

光源氏は、玉鬘を尚侍《ないしのかみ》にする準備として裳着《もぎ》の儀を行ないます。同時に内大臣にも、玉鬘が内大臣と夕顔の娘であることを打ち明け、内大臣は娘との対面に涙を流すのでした。

焦り出したのは、求婚者たちです。入内したらもう手が届きませんから、急がなくてはなりません。玉鬘が自分の姉ではないと知った夕霧まで、立候補します。

そして夕霧は、「光源氏は玉鬘を尚侍にして、実はひそかに愛人にするつもりだ」という噂を、光源氏にぶつけて真相を追及します。光源氏は「いまわしい邪推だ」と笑い飛ばしたものの、痛いところを突かれて「よく気がついた」と認めざるをえませんでした。

冷泉帝と玉鬘―野行幸の出逢いと焦る求婚者たち

光源氏は、玉鬘を入内させようと裳着の儀式を行なった。だがその本音は尚侍として入内させ、宮中で逢《あ》おうとしていたのであった。

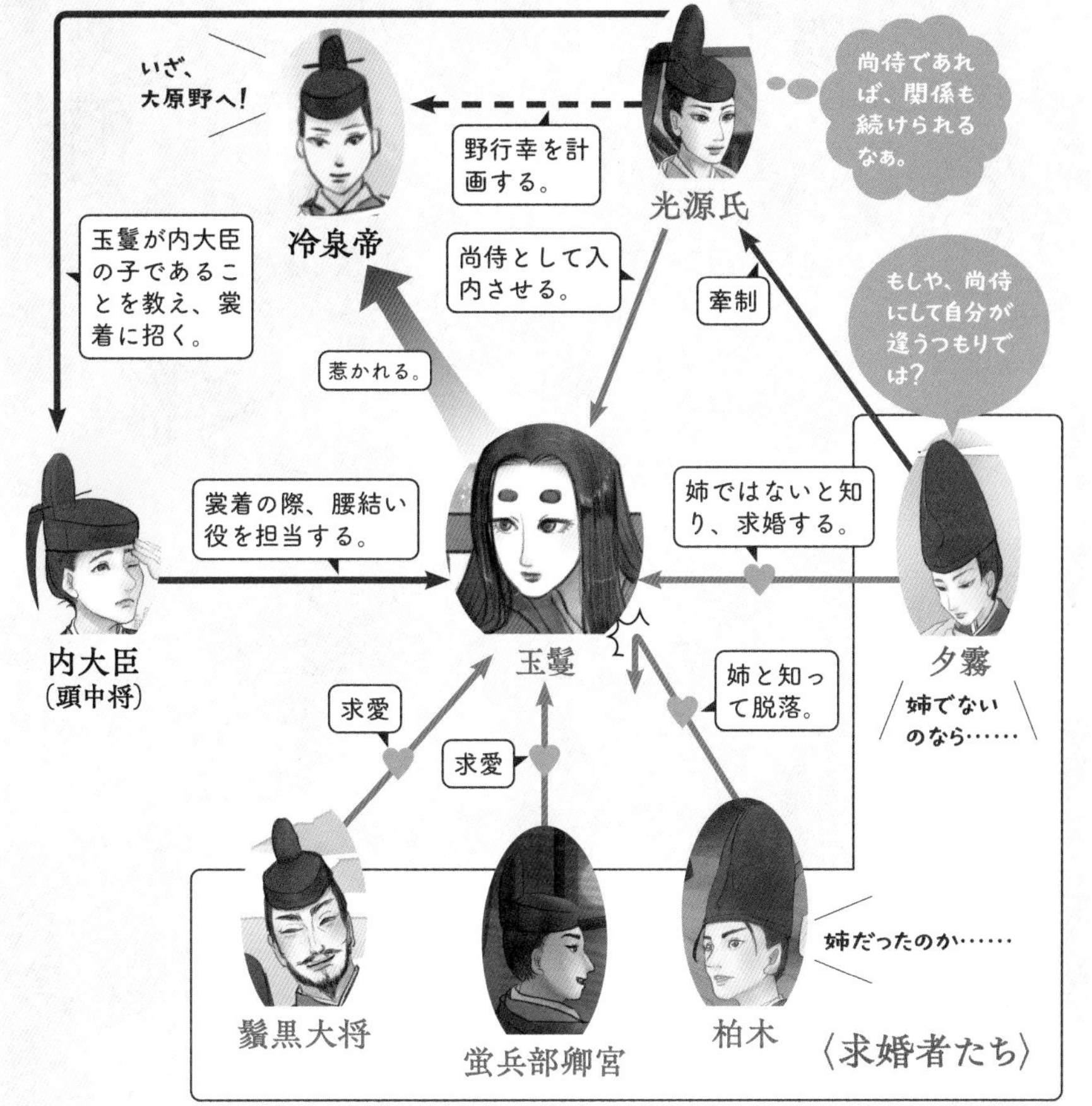

『源氏物語』でわかる!

平安貴族の習慣

天皇の外出「行幸」とは?

天皇が皇居を出て外出することを行幸《ぎょうこう》といい、訓読みして「みゆき」ともいいます。

平安時代末期の安徳天皇の福原遷都まで、行幸は専ら、都城内か近郊の地に限られ、その目的地は遊覧のほか、野行幸と呼ばれる狩りがありました。大原野への野行幸もそのひとつです。

また、臣下の邸宅への行幸もあり、臣下の者にとってこの上ない名誉となりました。歴史上では藤原良房や藤原道長がこの栄誉にあずかり、『源氏物語』「藤裏葉」においても、光源氏が冷泉帝、朱雀院の行幸を受けたことが栄華の象徴となっています。

あらすじガイドライン

冷泉帝への入内が決まった玉鬘。これで玉鬘を巡る恋の争いも決着を迎えたかと思われましたが、ここで誰もが驚く大逆転が起こります。この意外な結末は、本人や光源氏のみならず周囲にも様々な影響を及ぼすこととなります。

玉鬘の結婚

女房の手引きで勝負を決めた意外な人物とは？

収録巻

第三十一帖「真木柱」

多くの男性を魅了してきた玉鬘と結ばれたのは、冷泉帝でも蛍兵部卿宮でもなく、鬚黒でした。

鬚黒大将は、女房の手引きで玉鬘の寝所に忍び込むと、強引に関係を結んでしまったのです。

鬚黒は、その呼び名の通り鬚が目立ち、玉鬘はあまり好感を抱いていませんでした。そのため、玉鬘にとって不本意で厭《いと》わしい結びつきであり、光源氏も内心不服です。

ただし鬚黒は東宮の母の兄にもあたる血筋で、光源氏、内大臣に続く実力者でした。将来は政治の実権を握ると見られ、条件としては、よい結婚相手といえるのです。光源氏も受け入れざるを得ませんでした。

鬚黒と玉鬘の結婚で悲しい思いをした鬚黒の娘

鬚黒には、長年連れ添った北の方がいました。しかしこの北の方は物《もの》の怪《け》に取りつかれ、尋常ではない振る舞いをするのです。

そうしたなか、鬚黒は有頂天になって玉鬘のもとに通っています。ある日、玉鬘のもとに出かけようとした鬚黒は装束を整え、香を焚《た》きしめていました。

夫の衣類の管理は本来妻の役割でしたが、北の方はそこに近づくと、後ろからいきなり香炉の灰を浴びせかけたのです。鬚黒も部屋も灰まみれになるほどで、これ以降、鬚黒は玉鬘のもとに居続けました。

玉鬘の結婚を巡る相関図

冷泉帝への入内が決まっていた玉鬘であったが、これを奪うようにして射止めたのは、鬚黒だった。しかし、鬚黒と玉鬘の結婚後、鬚黒の邸宅では、北の方が夫に灰を浴びせかけるという騒動が起こり、邸《やしき》を離れることになった娘の真《ま》木柱《きばしら》が和歌を残すエピソードが語られる。

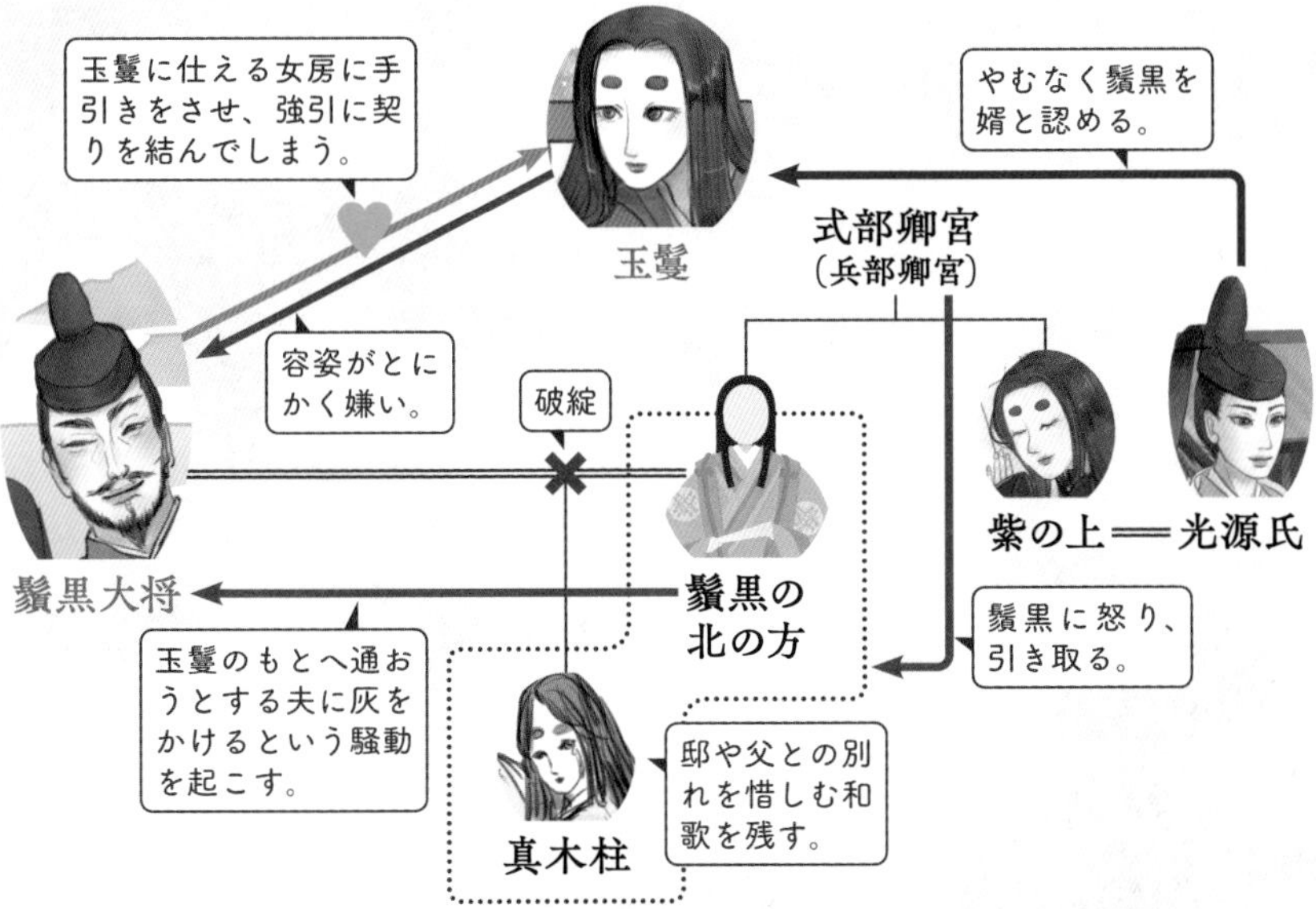

真木柱

鬚黒に灰をかけた北の方は、式部卿宮に子供たちと共に引き取られることとなりました。このうち娘のひとりは家と父との別離を嘆き、「今はとて 宿離《か》れぬとも 馴れきつる 真木の柱は われを忘るな（今は限りと、この屋敷を離れても、慣れ親しんできたこの真木の柱は私を忘れないでほしい）」と和歌を詠み、柱の割れ目に歌を差し込んで行ったのでした。

この逸話から「真木柱」と呼ばれるこの女性は、のちに蛍兵部卿宮の妻となり、ふたりの女子をもうけることとなります。

『源氏物語』でわかる！

平安貴族の習慣

平安王朝の妻の役割

正妻は、家のことすべてを取り仕切り、使用人たちをまとめる家政能力が求められました。

夫の衣類を管理するのも妻の役目で、生地を染めたり縫ったりして装束に仕立て上げます。

女房たちもいましたが、指示をするのは妻ですし、出かける夫の衣類を選び、その場に応じた香を焚きしめるのも妻です。妻のセンスが悪いと、夫が笑われるのです。

ただし、夫がほかの女性を訪ねるときも、嫉妬心を押し隠して衣装を整える、つらい役割でもありました。

あらすじガイドライン

光源氏の娘・明石の姫君が東宮に入内します。また、夕霧と雲居雁の結婚も内大臣に認められました。紫の上と明石の君は初めて顔を合わせ、光源氏が心にかけていたことが次々に好ましい展開を迎えます。そして光源氏の栄華は絶頂を極めます。

栄華の日々

光源氏は准太上天皇の地位を与えられ、栄華の絶頂を極める

収録巻

第三十二帖「梅枝」
第三十三帖「藤裏葉」

玉鬘を巡る騒動が落ち着いた頃、明石の姫君が東宮に入内することが決まりました。入内の前に行なわれるのが、裳着《もぎ》の儀です。光源氏は張り切って準備を進め、装束や調度品をすべて最高の品で整えました。ことに香を取りそろえることに熱中し、自ら調合したり、朝顔の姫君や六条院の女性たちに調合させた香で、薫物合《たきものあわせ》を行なったりしました。

内大臣もついに夕霧と雲居雁との結婚を認めました。娘をいつまでも中途半端な状態にしてはおけませんから、宴《うたげ》を開いて夕霧を招待し、結婚を取りまとめたのです。6年もの間、引き離されて会うこともできなかったふたりの恋は、ようやく成就しました。

いよいよ明石の姫君が入内するとき、紫の上は宮中に上がる付添い人の役目を、実母・明石の君に譲ります。同じ六条院に暮らしながら、ふたりはこの時初めて顔を合わせて、互いの気品に触れ、謝辞を交わしたのでした。

新たな称号の創出により、帝・院と肩を並べた光源氏

冷泉帝が六条院を訪れました。帝が臣下のもとを訪れる行幸は大変光栄なことで、朱雀院も加わる盛大なものとなりました。

そこで冷泉帝は、一段低いところにあった光源氏の座を自分たちと同列のところにするよう命じ、准太上天皇《じゅんだじょうてんのう》の位を与えました。世間も目を見張る六条院の賑《にぎ》わいのなか、光源氏は栄華の絶頂を極めたのです。

栄華の絶頂を極めた光源氏とその周辺

玉鬘を巡る騒動が落ち着くと、明石の姫君の入内が決定し、光源氏は准太上天皇の位を与えられるなど、栄華の絶頂を極めることとなる。

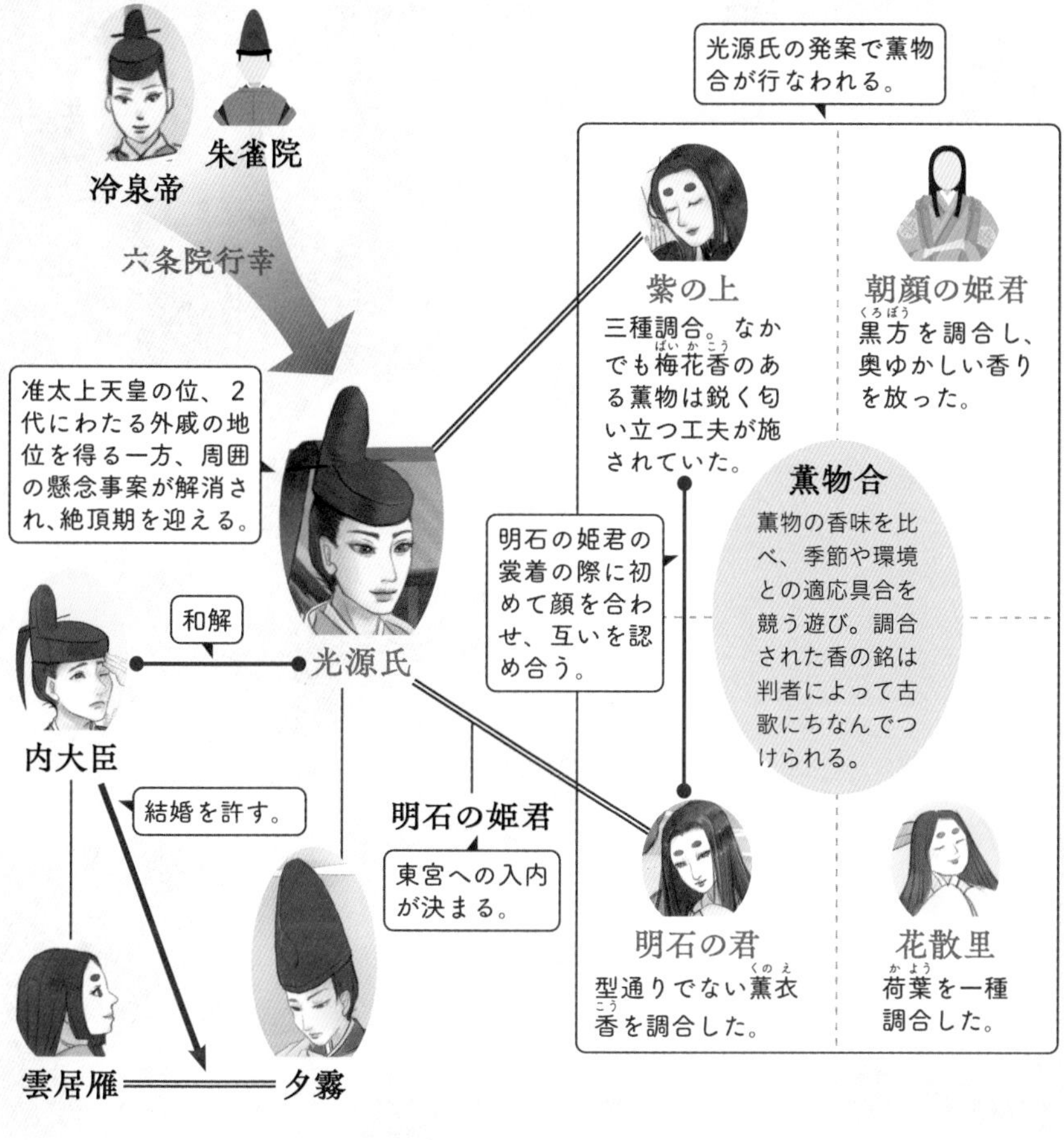

『源氏物語』でわかる!

平安貴族の習慣

天皇・上皇・法皇と准太上天皇の違い

光源氏に与えられた准太上天皇という「位」は物語の中だけの存在で、歴史上はありません。

天皇の位を退いた帝は太上天皇で、上皇や院はその略称で同じ意味です。出家した場合は、法皇となります。

「准」という字は、「なずらう」「准ずる」という意味で、准太上天皇は太上天皇とほぼ同等の位です。

冷泉帝は、実の父である光源氏が臣籍のままで、自分より低い位にあってはならないと、新しい位を考えたのでしょう。

第5章

栄華の陰り

——晩年の光源氏に訪れた
女三の宮を巡る波乱

年表で眺める『源氏物語』第5章

光源氏の年齢	巻名	できごと
40	若菜上《わかなのじょう》	・春2月、光源氏、女三《おんなさん》の宮《みや》と結婚。
41		・春3月、明石《あかし》の女御《にょうご》、第一皇子（東宮《とうぐう》）を出産。明石の入道が入山する。
		・春3月、柏木《かしわぎ》が女三の宮を垣間《かいま》見る。
(42~45)		・この間、空白。
46	若菜下《わかなのげ》	・冷泉帝《れいぜいてい》が譲位し、今上帝《きんじょうてい》が即位する。
		・冬10月、光源氏、願ほどきのため住吉に参詣《さんけい》する。
47		・春正月、六条院で女楽《おんながく》が催されるも、その後、紫の上が発病する。
		・夏4月、柏木が女三の宮と密通する。
		・夏4月、紫の上のもとに六条御息所《ろくじょうのみやすどころ》の死霊が現われる。
48	柏木《かしわぎ》	・春正月、女三の宮、薫《かおる》を出産後、出家。また柏木が死去する。
49	横笛《よこぶえ》	・秋、夕霧、落葉《おちば》の宮《みや》を訪れ、一条御息所から柏木遺愛の笛を託される。
50	鈴虫《すずむし》	・秋8月、女三の宮方で鈴虫の宴を行なう。
	夕霧《ゆうぎり》	・秋8月、一条御息所が死去する。
		・冬、夕霧、落葉の宮と結婚。憤慨した雲居雁《くもいのかり》、実家に戻る。
51	御法《みのり》	・春3月、紫の上、法華経千部供養を行なう。
		・秋8月、紫の上が死去する。
52	幻《まぼろし》	・この年、1年を通じて光源氏が紫の上の喪に服して籠《こも》る。
(53~55?)	(雲隠《くもがくれ》)	・この間に光源氏、出家し嵯峨《さが》に隠棲後、死去。

『源氏物語』のあらすじ
―「若菜上」から「幻」まで

6つの場面でわかる！

栄華の絶頂を極めた光源氏のもとに、朱雀院の娘・女三の宮の降嫁が決定。
紫の上を中心とする六条院の秩序と、光源氏の世界を揺るがす事態となります。

其の1 女三の宮の降嫁

朱雀院の依頼で光源氏は女三の宮の降嫁を受け容れるも、女三の宮の幼さに失望する。（▶P.98）

其の2 六条院の女楽

六条院にて紫の上、明石の君、明石の女御、女三の宮による女楽が催される。（▶P.100）

女三の宮
其の3
柏木の恋
蹴鞠《けまり》の際に女三の宮を垣間見た柏木は、光源氏が留守の間に思いを遂げてしまう。(▶P.102)
柏木

柏木と女三の宮の密通によって薫が誕生する。(▶P.104)
薫
光源氏
其の4
薫の誕生

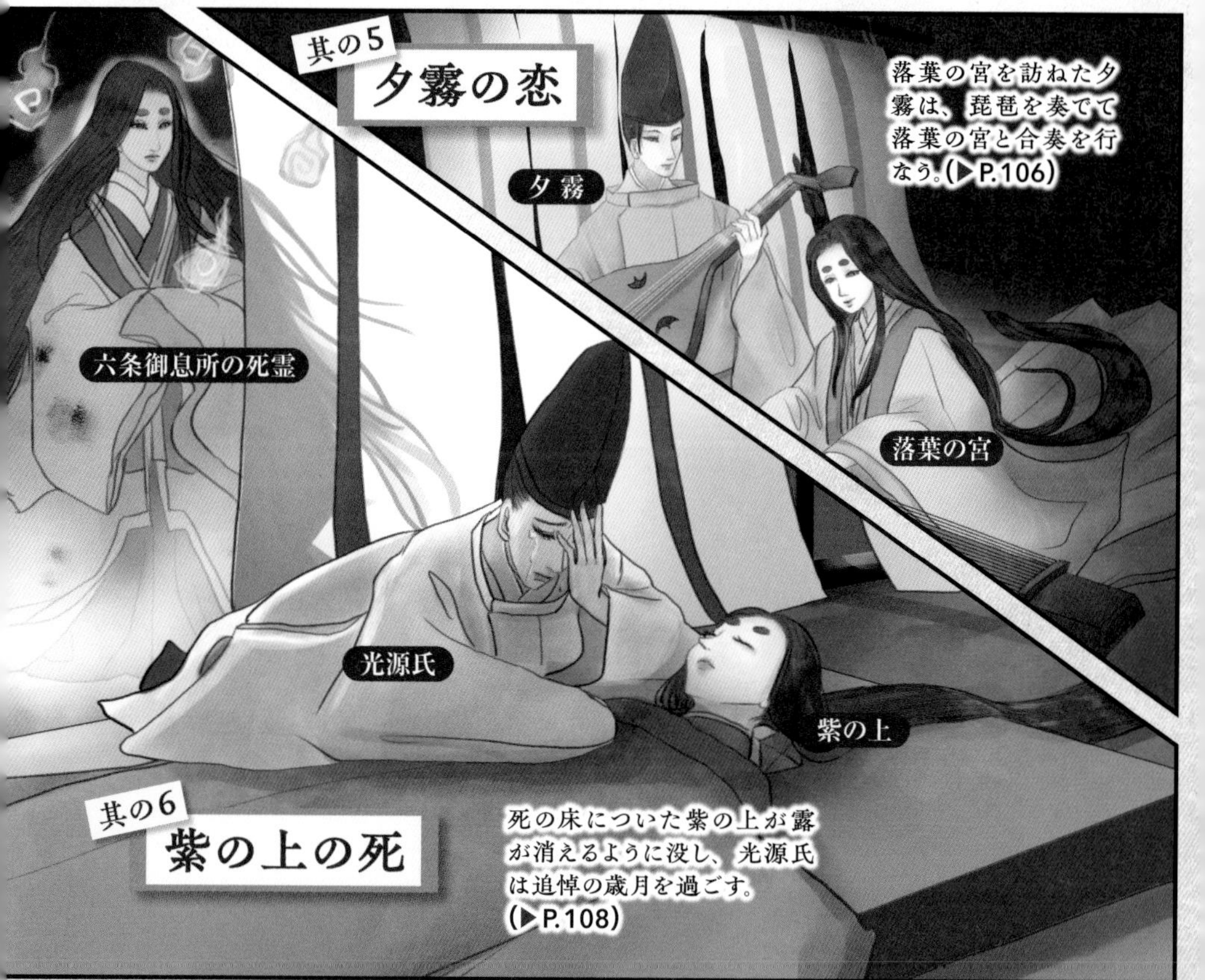
其の5
夕霧の恋
落葉の宮を訪ねた夕霧は、琵琶を奏でて落葉の宮と合奏を行なう。(▶P.106)
夕霧
六条御息所の死霊
落葉の宮
光源氏
紫の上
其の6
紫の上の死
死の床についた紫の上が露が消えるように没し、光源氏は追悼の歳月を過ごす。(▶P.108)

あらすじガイドライン

栄華を極める光源氏。その栄華の舞台である六条院に大きな波乱がもたらされます。それは朱雀院《すざくいん》の娘・女三《おんなさん》の宮《みや》の降嫁。皇女の降嫁によって紫の上を正妻格とする六条院の秩序が揺らぎ、永遠に続くかと思われた栄華に影が差し始めるのでした。

女三の宮の降嫁

40歳を迎えた光源氏——。
栄華の絶頂の中での正妻の登場が波乱を招く

収録巻

第三十四帖「若菜上」

栄華を極める光源氏。一方でその異母兄にあたる朱雀院は、出家を望んでいました。

しかし心残りとなるのが娘である女三の宮の将来です。女三の宮は、光源氏の理想の女性であった藤壺《ふじつぼ》の姪にあたる姫宮で、数多くの求婚者がいましたが、朱雀院は40歳になる光源氏に後見を依頼します。一度は辞退した光源氏ですが、結局は承諾します。

光源氏の愛情のみを頼りに生きてきた紫の上は、この事実を聞いて苦悩しますが、懸命に平静を装いました。

玉鬘による四十賀《しじゅうのが》ののち、女三の宮を迎え入れた光源氏でしたが、幼いばかりの彼女に失望します。同じ年頃だった紫の上は、美しく賢かったと比べてしまうのです。

その後も光源氏は女三の宮を大切に扱いますが、それは体面を保つためでした。

女三の宮をあきらめきれない青年・柏木

こうした状況に焦燥を募らせていたのが、内大臣の長男・柏木《かしわぎ》でした。彼は女三の宮の求婚者のひとりで、朱雀院が光源氏に降嫁させても、まだ諦《あきら》めきれないでいるのです。

六条院で蹴鞠《けまり》が催されたある日、駆け抜けた猫の紐が御簾《みす》にからまり、高く持ち上がるという騒動がありました。そこで柏木は、女三の宮の立ち姿を垣間見《かいまみ》てしまったのです。すっかり心を奪われた柏木は、周囲の人々を巻き込む悲劇へと突き進みます。

女三の宮の降嫁をめぐる人物関係図

出家を決意した朱雀院は娘の女三の宮を光源氏に託す。これにより紫の上の地位が揺らぎ、彼女は不安に襲われることとなる。

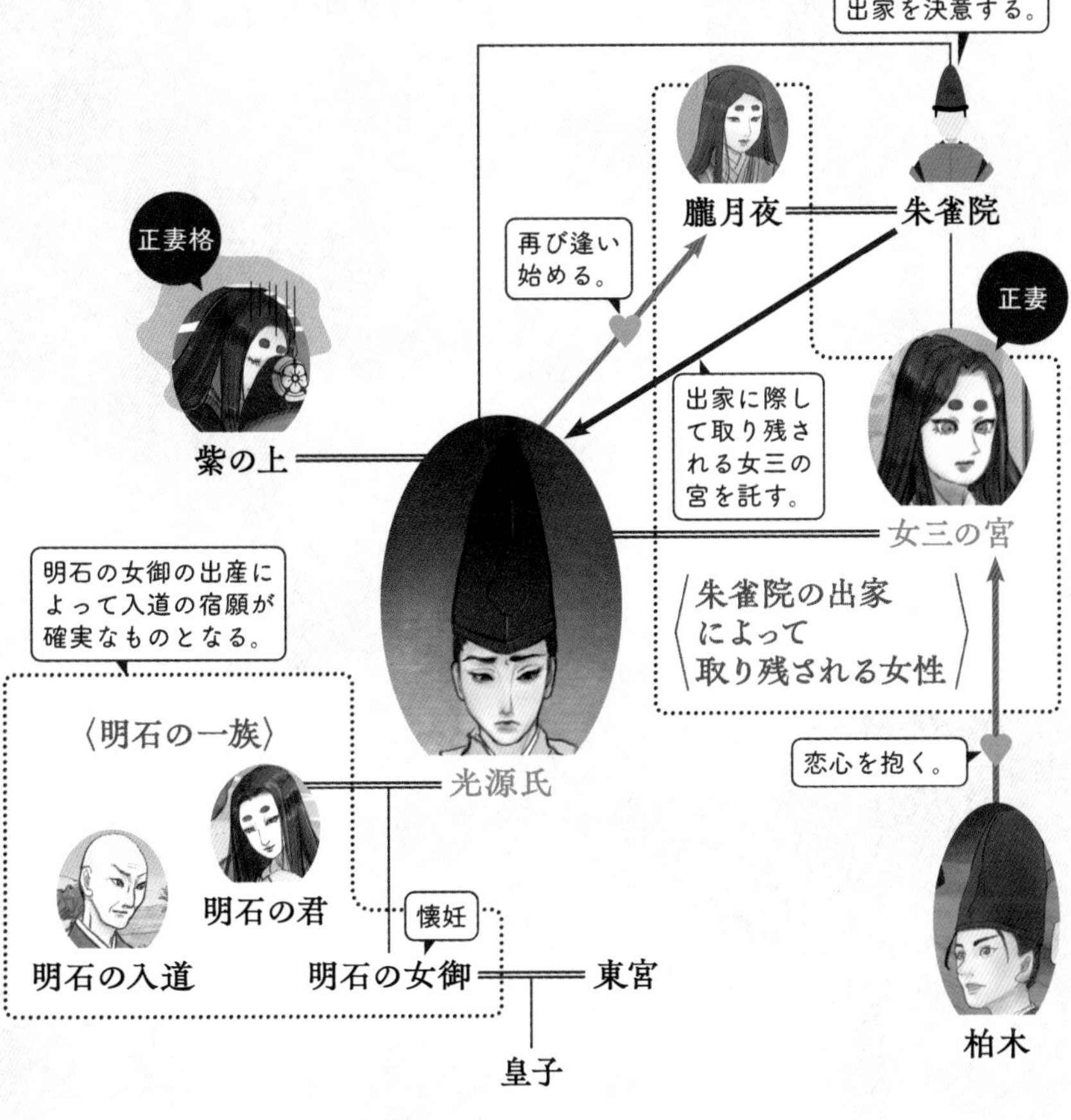

『源氏物語』でわかる！

平安貴族の習慣

長寿を願うイベント

平安時代の平均寿命は、30代だったともいわれます。

ですから40歳になると老境に入ったとして長寿のお祝い「四十賀」が催され、その後は10年ごとに祝いの儀式が行なわれました。

これが算賀《さんが》で、「算」は年齢、「賀」は長寿を祝うという意味です。

算賀はその年に何度行ってもよく、主催者ごとに行なうのが常でした。光源氏の四十賀は、1月に玉鬘《たまかずら》が開催し、その後は紫《むらさき》の上《うえ》、秋好中宮《あきこのむちゅうぐう》、夕霧《ゆうぎり》が次々に催しています。

あらすじガイドライン

立場の不安定さを痛感した紫の上は出家を望みますが、光源氏はそれを認めません。その一方で光源氏は女三の宮を重んじなくてはならないジレンマに苛《さいな》まれます。思惑が入り乱れるなか、六条院では、女性たちが楽器を演奏する女楽《おんながく》が催されました。

六条院の女楽

華やかな女楽が六条院で開かれた翌日、心労に苛まれ続けた紫の上が倒れる

冷泉帝が譲位して今上帝《きんじょうてい》が即位し、明石の女御《にょうご》は中宮となり、彼女が産んだ第一皇子が東宮《とうぐう》となりました。

これで光源氏は、いずれ天皇の祖父になることが確実です。しかし六条院のなかでは、問題が起こり始めていました。

紫の上が、出家を望むようになったのです。光源氏の愛情がなくならないうちに、また現世で功徳《くどく》を積んで極楽浄土に生まれることを願ってのことでした。しかしそれでは夫婦が別々になってしまうと、光源氏は認めません。

女三の宮には魅力を感じない光源氏ですが、世間の手前、放っておくわけにいきません。やはり女三の宮のもとで過ごさねばならず、紫の上の孤独は深まるのでした。

華やかな女楽の翌日に倒れた紫の上

そうしたなか、六条院で女性たちが楽器を奏でる女楽が催されました。朱雀院が女三の宮との対面を望み、光源氏は夫婦仲が親密であると示す必要があったのです。

女三の宮も、光源氏の特訓の甲斐《かい》あって危なげなく琴《きん》の琴《こと》を弾きこなすのでした。

女楽が滞りなく催されたその晩、光源氏は紫の上とこれまでの半生を語り合いました。紫の上は、37歳の厄年である今年こそと出家を願いますが、やはり光源氏は聞き入れません。するとその翌日、紫の上は胸の痛みを訴え、倒れてしまうのでした。

収録巻

第三十五帖「若菜下」

女楽にまつわる相関図

女三の宮の降嫁以降、紫の上の心労が募るなか、女楽が催されたが、その翌日、紫の上はにわかに胸の痛みを覚えて倒れてしまう。

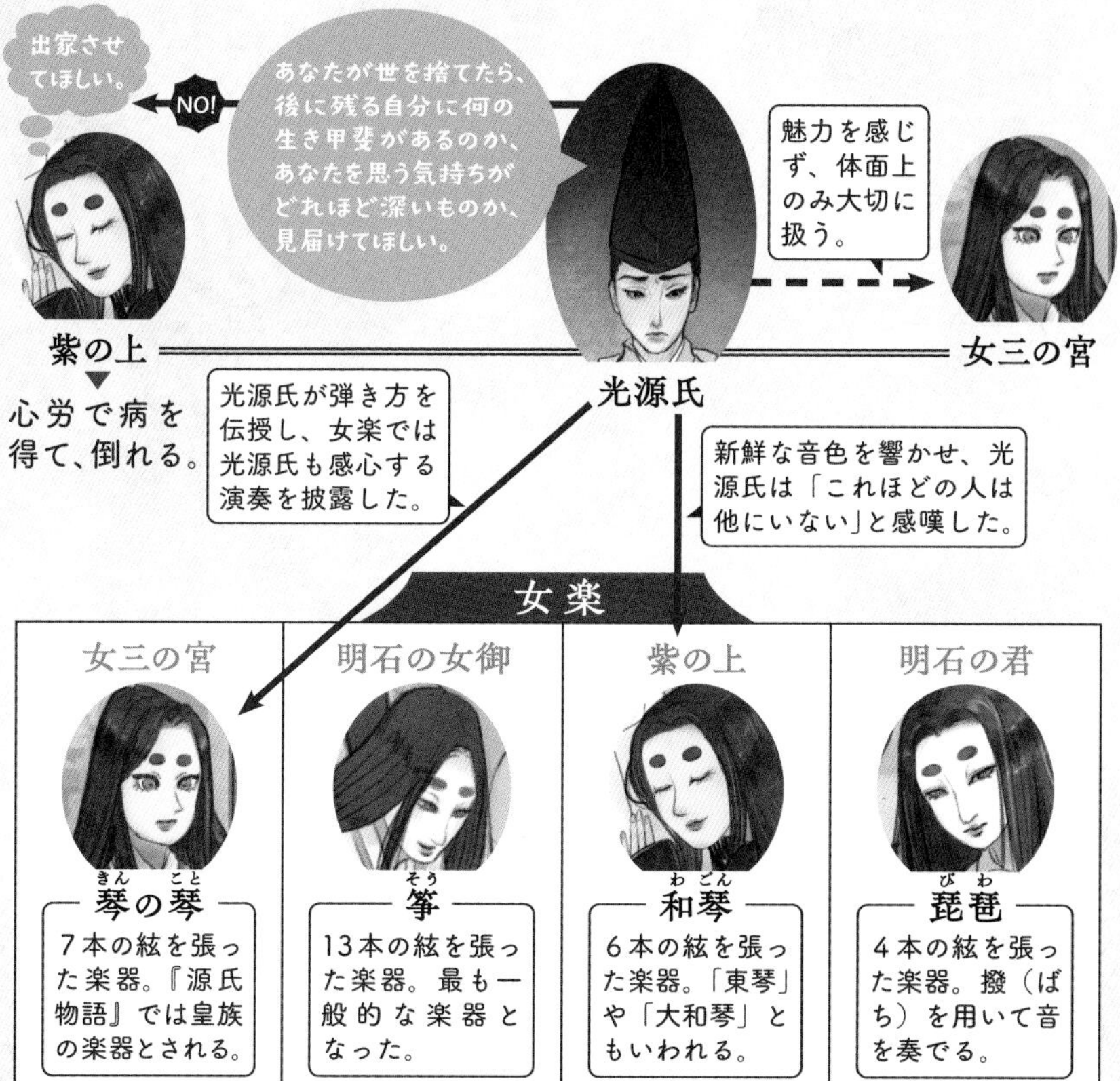

女楽では、琴の琴を女三の宮が奏でたほか、紫の上が和琴を、明石の君が琵琶を、明石の女御が箏の琴をそれぞれ演奏した。

『源氏物語』でわかる!

平安貴族の習慣

男女問わず楽器演奏に長けていた平安貴族

平安貴族は、欠かすことのできない嗜《たしな》みのひとつに楽器演奏がありました。

六条院の女性たちが弾いた絃楽器のほか、笙《しょう》や篳篥《ひちりき》のような笛、太鼓や鉦鼓《しょうこ》のような打楽器もありました。

笛は主に男性が奏でるもので、夕霧と落葉の宮のように、男女が御簾を隔てて合奏することもありました。また、「鈴虫」では宴の際に集まった貴族たちが、光源氏を囲んで演奏会を始めるシーンが登場します。

巧みに演奏する者はもてはやされ、名器と呼ばれる楽器もありました。

あらすじガイドライン

発病した紫の上は、療養のために二条院に移り、光源氏も看病のため付き添いました。主不在の六条院に忍んで来たのは、女三の宮を慕う柏木。強引に女三の宮と契りを結んだ柏木は、その後も何度も訪れ、ついに女三の宮は、柏木の子を懐妊してしまいます。

柏木の恋

手紙によって発覚した密通！ 光源氏を恐れる柏木は心労に倒れる

紫の上の病は重く、二条院に移ることになりました。光源氏もつきっきりで看病し、六条院を留守にすることが増えました。

柏木は、それを狙《ねら》っていたかのように女三の宮の寝所に入り込みました。そして驚き怯《おび》える女三の宮と、強引に契りを結んだのです。女三の宮は光源氏に知られることも恐ろしく、どうすることもできません。

しかも柏木は何度も来訪し、ついに女三の宮は懐妊してしまいます。

一方、紫の上は回復せず、一時は息が絶えてしまいました。それでも加持祈禱《かじきとう》の甲斐あって息を吹き返し、小康状態を得ました。この時、六条御息所《ろくじょうのみやすどころ》の死霊が現れ、童女に憑依《ひょうい》して恨み言を述べています。

光源氏に睨まれ病に倒れる柏木

光源氏は当然、女三の宮の懐妊を不思議に思いました。そして、柏木からの手紙を見つけてしまったのです。それは、密通の証拠となる内容でした。光源氏は、柏木が妻と密通したことだけでなく、配慮のなさをも軽蔑《けいべつ》しました。自分が若い頃には、そのような手紙が誰かに読まれたとしてもいいよう、あからさまに書いたりはしなかったというのです。

そして光源氏は宴《うたげ》の席で柏木に痛烈な皮肉を浴びせ、睨《にら》みつけます。恐怖におののいた柏木は宴席を途中で抜け出すと、そのまま臥《ふ》してしまいました。

収録巻

第三十五帖「若菜下」

女三宮密通の背景―六条院と二条院

紫の上が病で二条院に移ると、看病のために光源氏も六条院に戻らないことが増えた。すると柏木が光源氏の不在を狙って、女三宮と密通。女三宮は懐妊してしまう。

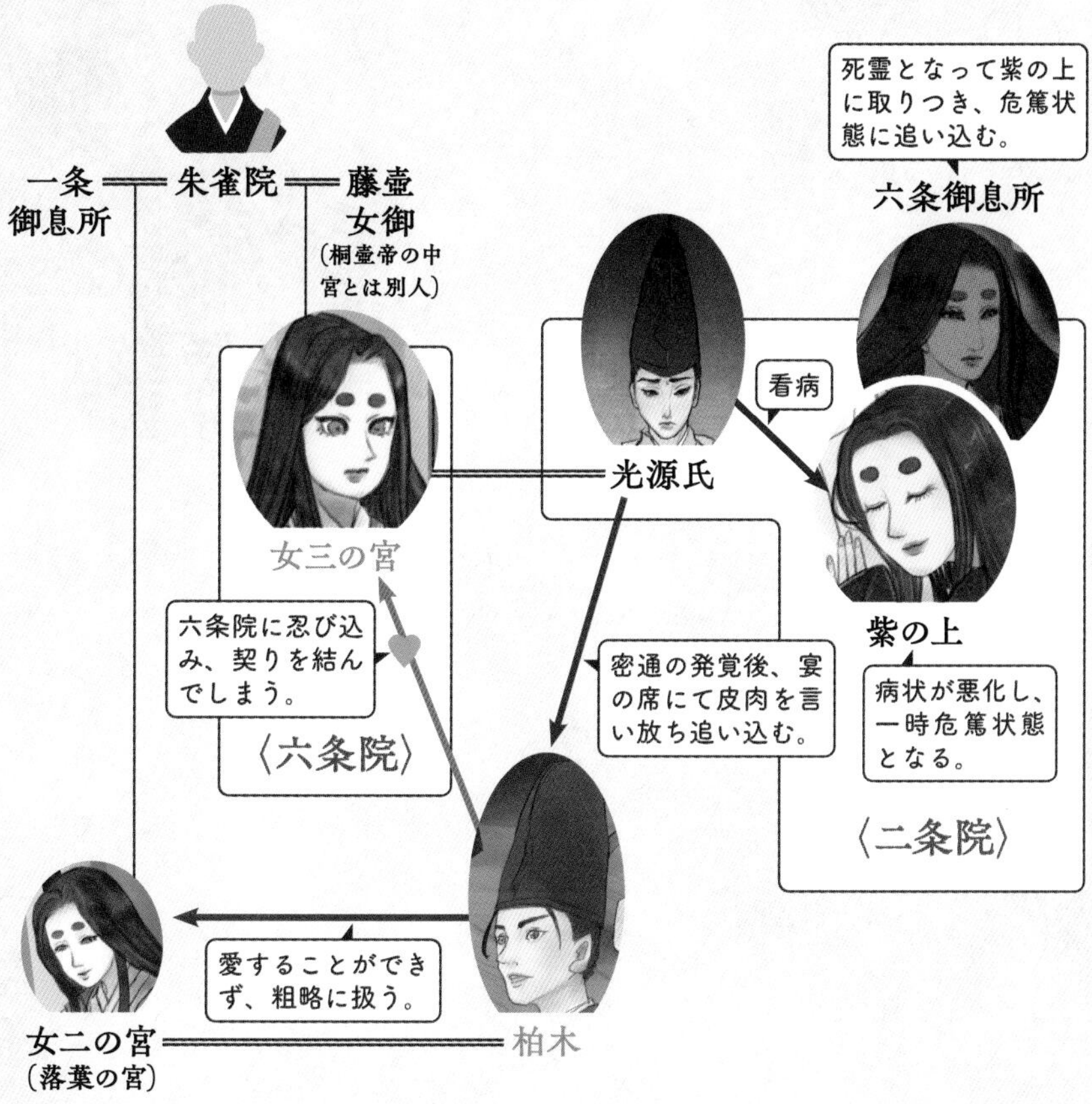

『源氏物語』でわかる!

平安貴族の習慣

密通の罪と貴族の意識

結婚の基準もあいまいな平安時代ですが、婚姻以外の性的関係を、徒刑といういわば懲役刑に問う法律はありました。

しかし、誰も告訴されたり徒刑になったりしていません。

『源氏物語』において密通を犯した人々にも法制的な罪の意識を見ることはできません。

それらの人々を苦しめるのは、人を裏切っているという意識でした。

『源氏物語』の人々は、法律や宗教、倫理などが規定する罪とは異なる罪意識によって苦悩しているのでした。

あらすじガイドライン

柏木は衰弱し、女三の宮は恐れながら柏木の子・薫《かおる》を産みます。光源氏は薫を自分の子として育てることにしますが、気持ちは冷めたままです。耐えきれなくなった女三の宮は出家し、柏木は心労の末に世を去ります。

薫の誕生

自責の念にかられる柏木と女三の宮、因果応報を痛感する光源氏

収録巻

第三十六帖「柏木」

柏木は死を覚悟し、震える手で女三の宮に手紙を書きました。

そして女三の宮は、柏木の子・薫を出産します。光源氏は男児と聞いて、柏木に似ていたら困るなどと冷淡な考えでいます。自分の子として育て、誕生の祝いは盛大に行なうのですが、人が見ていないとその子の世話をしないので、「こんなに美しい若君なのに」と女房たちまで怪訝《けげん》に思うほどでした。

柏木の死と女三の宮の出家

光源氏に密通を知られた女三の宮は、光源氏に冷淡にあしらわれた結果、出家を望みます。体裁の悪さから光源氏はこれを止めますが、そこへ突然、朱雀院が六条院に訪れました。女三の宮が憔悴《しょうすい》している、幸福でなさそうだという噂《うわさ》を聞いてやって来たのです。

すると女三の宮は、自分を尼にしてくれと、強い出家の意思を直接朱雀院に告げました。あわてた光源氏は、御簾《みす》の中に入ってまで止めようとしましたが、朱雀院の手によって女三の宮は出家を果たします。面目が丸つぶれとなった光源氏の前には、またも六条御息所の死霊が現れて、あざ笑うのでした。

女三の宮の出家を聞いた柏木は、泡が消えるように世を去り、誰もが柏木の死を惜しみました。光源氏は薫を抱き上げ、かつて自分が桐壺帝《きりつぼてい》の妃・藤壺《ふじつぼ》と過ちを犯した報いを受けていることに気がついたのです。

薫の誕生と女三の宮の出家を巡る思惑

光源氏の薫に対する態度を見た女三の宮は愕然とし、出家を決意します。その背後にも六条御息所の死霊の力があった。

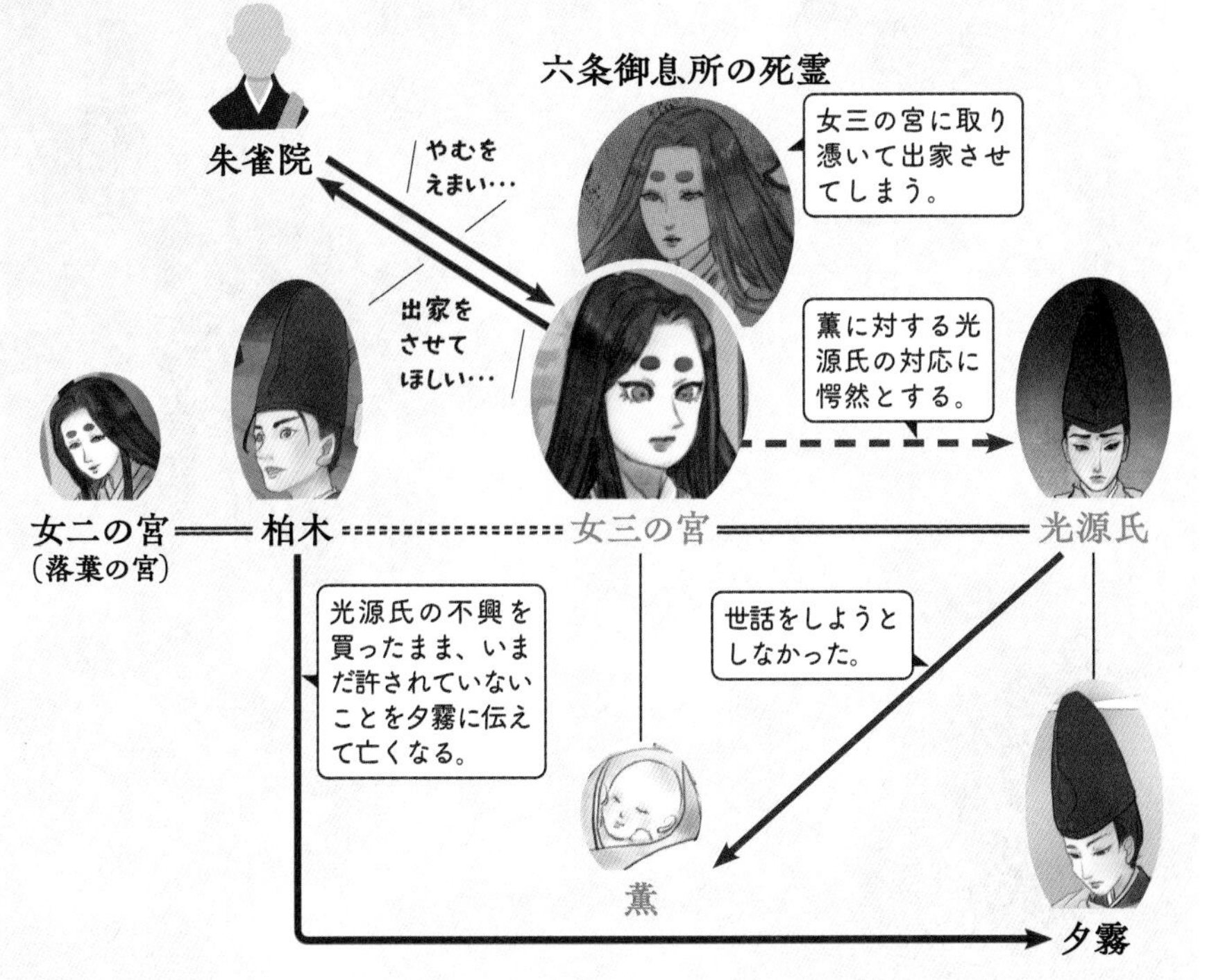

『源氏物語』でわかる!

平安貴族の習慣

貴族の出家

出家を望んだ紫の上、不義の子を出産後、出家をしてしまった女三の宮……。彼女たちのほかにも、『源氏物語』には出家を望む人物が何人も登場します。恋愛の未練を断ち切るため、病気のためなど出家の理由は様々ですが、その背景には、前世からの因縁が今生を左右するという「宿世《すくせ》思想」がありました。実際に平安貴族も晩年になると出家する傾向が見られます。彼らは現世で功徳を積むことで、来世では少しでもよい世界に転生しようと願ったのです。

出家後の生活

仏道	出家	剃髪して寺に入る
	入道	剃髪するが、寺に入らない(明石の入道)
髪型	剃髪	髪と髭を剃った状態
	尼削ぎ	(女性の場合)髪を肩ほどの長さに切った状態

夕霧の恋

親友との約束を果たすべく、亡き柏木の妻・落葉の宮を見舞った夕霧が恋に落ちる

あらすじガイドライン

女三の宮に執心した柏木ですが、本来落葉《おちば》の宮《みや》という妻がおり、親友の夕霧《ゆうぎり》に、妻の行く末を頼む遺言を残していました。遺言に従い彼女に会いに行った夕霧でしたが、彼は、雲居雁《くもいのかり》という妻がありながら、その落葉の宮に恋をしてしまいます。

柏木の妻・落葉の宮も朱雀院の姫宮でしたが、柏木は女三の宮に夢中で、夫婦の間には子供もいませんでした。夫亡き後の落葉の宮は、母親の一条御息所と共に一条宮でひっそり暮らしています。

秋の夕暮れ、その一条宮を夕霧が見舞いに訪れます。一条宮の風情ある趣に感じ入った夕霧は、琴を弾く落葉の宮に対して琵琶を手に夫を思う曲「想夫恋《そうふれん》」を合奏するのでした。

一条御息所は、柏木が愛用していた横笛を夕霧に贈ります。するとその晩、夕霧の夢に柏木が現れ、その横笛は自分の子孫に伝えてほしいと告げます。柏木に子供がいるのだろうかと不思議に思った夕霧は、その横笛を光源氏に預けることにしました。

落葉の宮に恋し強引に迫る夕霧

その後、落葉の宮は母の一条御息所が病みついたため小野の山荘へと移ります。落葉の宮に惹《ひ》かれた夕霧は小野を訪れて結婚を迫りますが、落葉の宮は拒み続けます。

ところが落葉の宮が夕霧と一夜を共にしたと聞いた一条御息所が、その後夕霧の訪れがないことで、娘を捨てたと思い込み、夕霧を恨みながら亡くなってしまったのです。

この事態に落葉の宮は出家を望みますが、夕霧は諦めず、女房たちを手なずけると、壁土で塗り込めた塗籠《ぬりごめ》に隠れた落葉の宮のもとへ入り込んで、強引に契りを結んだのでした。

収録巻

第三十七帖「横笛」
第三十八帖「鈴虫」
第三十九帖「夕霧」

◆周囲を巻き込んで燃え上がった夕霧と落葉の宮の恋◆

亡き柏木から妻の庇護《ひご》を依頼された夕霧であったが、その落葉の宮に恋心を抱く。その後の夕霧の行動は何人もの人々に影響を与えてしまう。

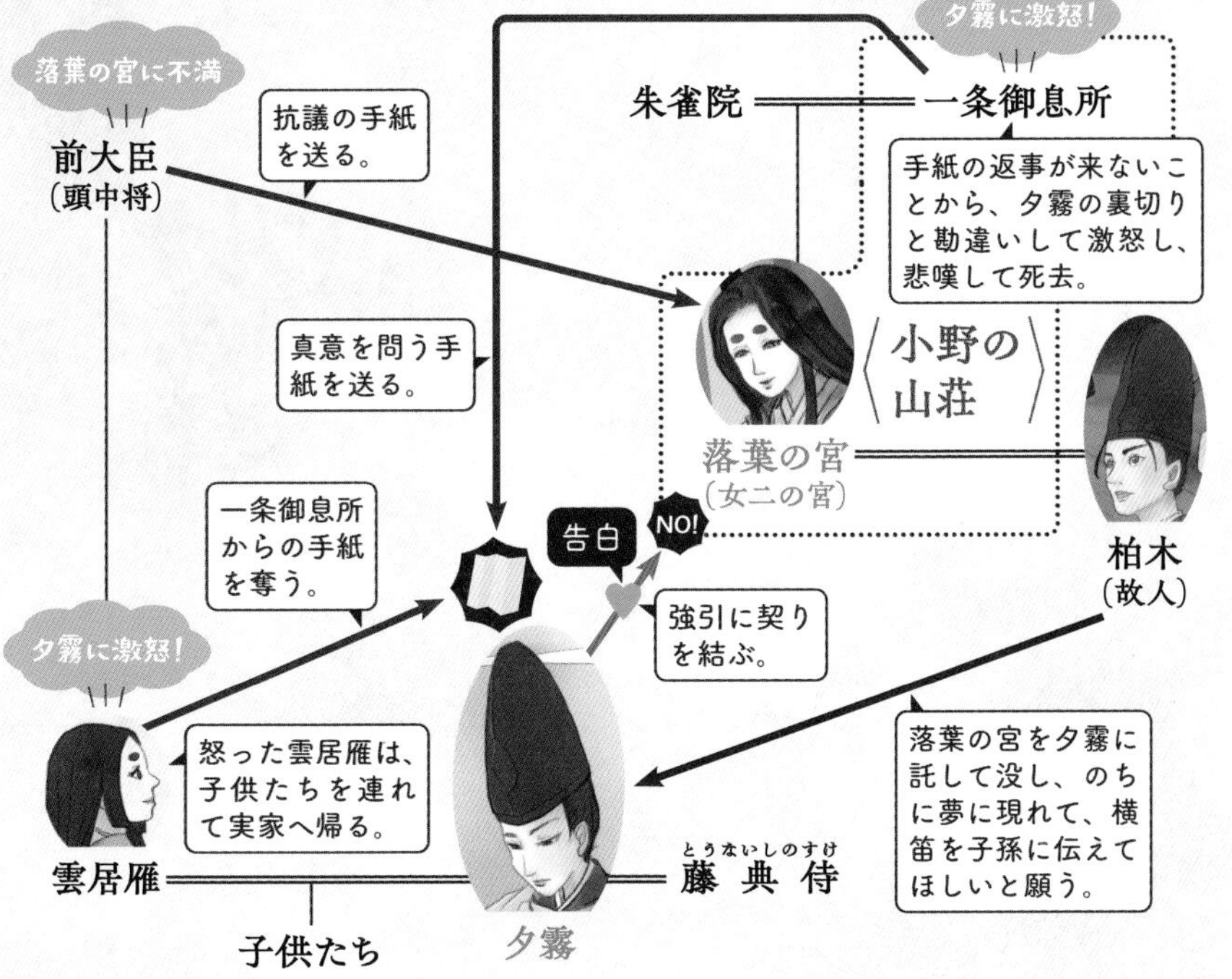

『源氏物語』でわかる！

平安貴族の習慣

離婚の理由と離婚後の恐怖

8世紀に定められた大宝律令には、離婚できる理由が記されています。平安時代には、夫が妻の家に通うか、同居する婿取り婚が一般的でしたから、夫がそこに行かなくなったら離婚したことになります。

ただし、離婚と同時に夫は生活の基盤を失います。裕福な実家やほかの妻がない夫が、妻の親に見限られて追い出された場合、悲惨な境遇になることもありました。

大宝律令に定められた離婚してよい相手

一、子ができないこと
二、淫《みだ》らであること
三、舅《しゅうと》に仕えないこと
四、おしゃべりであること
五、盗癖があること
六、嫉妬《しっと》深いこと
七、重篤な病があること

あらすじガイドライン

病に倒れてから4年。残りわずかな命を悟った紫の上は、大規模な仏事を行ない、さりげなく人々に別れを告げ、世を去りました。紫の上の追悼に1年を費やし、光源氏もまた、美しい姿のままで、物語の世界から退場していくのです。

紫の上の死

露が消えるように世を去った最愛の女性を追悼し続けた光源氏の最期の日々

収録巻
第四十帖「御法」
第四十一帖「幻」
「雲隠」

病に倒れてから4年。紫の上はその間何度も出家を願うも、光源氏は許しませんでした。

桜の盛り、紫の上は二条院にて盛大な法要を主宰します。今上帝や東宮からも使者が送られ、六条院の女性たちも招かれるという華やかさでしたが、紫の上は、すべての人々にそれとなく別れを告げたのでした。

その後紫の上の病状は、夏の暑さで悪化。紫の上は、光源氏に見守られ、宮中から退出してきた明石の中宮に手を握られて、消えゆく露のように亡くなったのです。

光源氏は、出家を許してやらなかったことを悔い、髪を削いでやりました。

葬送では、誰もが涙を流し、光源氏も人に助けられてやっと歩くほどでした。

紫の上のいない四季の移ろい 光源氏は追悼の一年を送る

紫の上を失った光源氏は、自分の行ないがどれほど紫の上を悲しませていたのかを知って、胸がふさがる思いでした。出家する気力さえなく、御簾のうちに閉じ籠《こも》ってほとんど人に会いません。1年間、光源氏は紫の上追悼の日々を送り、花が咲くのを見ても季節が巡るのを見ても、紫の上を思い出すばかりです。一周忌を終えて、やっと出家をしようと紫の上との思い出の品々をすべて焼きました。

仏名会《ぶつみょうえ》で久しぶりに人々の前に姿を現した際、光源氏の美しさは以前と変わらず輝くばかりだったといいます。

崩壊した光源氏の世界の秩序

女三の宮の降嫁前、紫の上を正妻格とする秩序のもとにあった光源氏の世界であったが、正妻・女三の宮の降嫁によってこの秩序が揺らぎ、さらに女三の宮の出家、紫の上の死によって秩序は完全に崩れてしまう。

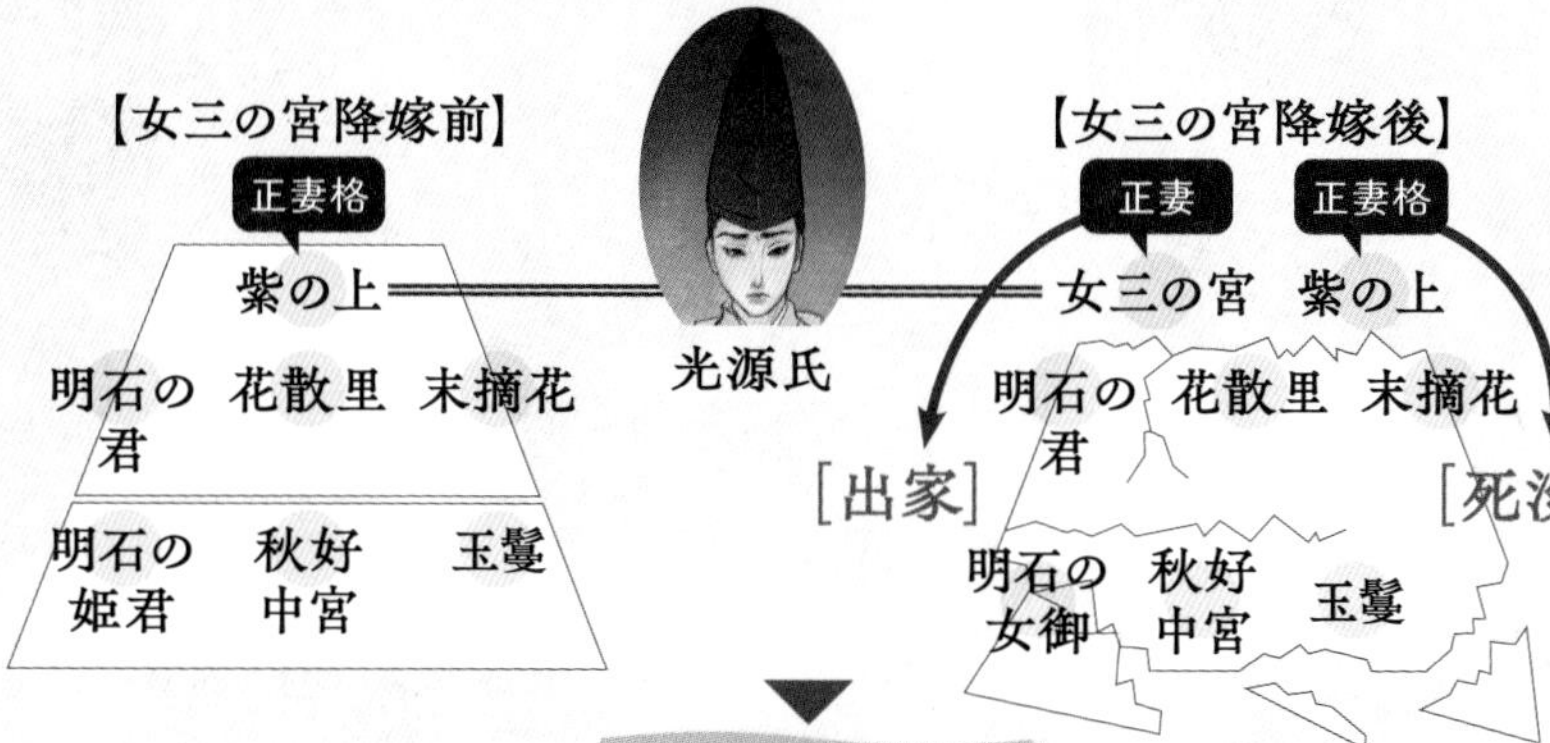

光源氏最期の日々

紫の上を失った光源氏は、後悔と追悼の１年を過ごし、物語から退場していく。

正月	年は明けたものの、年賀の人に会わず御簾のなかに閉じ籠り、人と会わなかったが、かろうじて蛍兵部卿宮と対面する。
2月	形見の紅梅を見て偲ぶ。
3月	桜を世話する三の宮を見て涙する。
4月	更衣（ころもがえ）の際、花散里より更衣の装束が届く。賀茂祭の日、中将の君と歌のやり取りをする。
5月	五月雨の折、夕霧とともに紫の上をしのぶ。
6月	盛夏、ひぐらしや蛍などを見て悲しみを歌う。

7月	七夕、ひとり歌を口ずさむ。
8月	紫の上の一周忌に曼荼羅供養を行なう。
9月	重陽の日の菊につけて悲しみの歌を詠む。
10月	時雨の頃の雁につけて悲しみの歌を詠む。
11月	五節、華やぎに心を動かされないままだった。
12月	年が暮れる頃、出家を決意し、紫の上の手紙などを焼く。 仏名会で初めて御簾の外に出て人々に会い、晦日に出家前最後の正月の指図をする。

『源氏物語』でわかる!

平安貴族の習慣

平安人の病

紫の上のように、平安時代の人々もさまざまな病気に悩まされていました。

頭痛、発熱、せきなどの「風病《ふうびょう》」は、現代の風邪らしく風の気にあたると起こると考えられていました。

足腰が痛んで歩けなくなる脚気らしき「脚の気」「脚病《かくびょう》」、天然痘《てんねんとう》らしき「裳瘡《もかさ》」などが平安時代末期の絵巻『病草紙』に記されています。

虫歯や白内障、歯槽膿漏《のうろう》、結核もありました。

貴族のためには医療もなされ、医師は「薬師《くすし》」と呼ばれました。

第6章

宇治十帖

――光源氏没後、
宇治を舞台に展開される恋物語

年表で眺める『源氏物語』第6章

薫の年齢	巻名	できごと	巻名	できごと
14	匂兵部卿《におうひょうぶきょうのみや》	・春2月、薫《かおる》が元服する。	竹河《たけかわ》	
15				・夏4月、玉鬘《たまかずら》の大君が冷《れい》泉院《ぜいいん》に出仕する。
16				・夏4月、大君、冷泉院の姫君を出産する。
20	橋姫《はしひめ》	・薫、宇治の八《はち》の宮《みや》を初めて訪問する。		
22		・秋、薫、大君《おおいぎみ》と中の君を垣間《かいま》見《み》る。 ・冬10月、薫、弁《べん》から出生の秘密を聞く。		
23	椎本《しいがもと》	・春2月、匂宮《におうみや》、初瀬《はつせ》参詣の帰路、宇治に中宿りする。 ・秋8月、八の宮が死去する。		
24		・夏、薫、宇治で姫君たちの姿を垣間見る。	紅梅《こうばい》	・春、紅梅《こうばい》が匂宮を婿に望む。 ・匂宮、宇治に通う。
	総角《あげまき》	・秋8月、薫、大君に求婚するも拒絶される。 ・冬11月、大君、死去する。	宿木《やどりぎ》	・秋、薫、帝から女二の宮の降嫁の内意を受ける。
25	早蕨《さわらび》	・春2月、中の君、匂宮の二条院へ転居する。		・秋8月、匂宮、夕霧《ゆうぎり》の娘・六の君と結婚する。 ・薫、中の君から浮舟の存在を知らされる。
26	東屋《あずまや》	・秋、浮舟《うきふね》、二条院の中の君に託される。 ・秋、匂宮が浮舟に言い寄る。 ・秋9月、薫、浮舟を宇治に移す。		・春2月、中の君、匂宮の男児を出産する。 ・春2月、薫、女二の宮と結婚する。 ・夏4月、薫、宇治で浮舟を垣間見る。
27	浮舟《うきふね》	・春、匂宮が薫を装って浮舟と逢う。 ・春3月、浮舟が入水を決意する。		
	蜻蛉《かげろう》	・春、浮舟が失踪する。	手習《てならい》	・春、横川《よかわ》の僧都《そうず》が浮舟を発見し、保護。浮舟は6月に回復する。 ・9月、浮舟が出家する。
28	夢浮橋《ゆめのうきはし》	・夏、薫、横川の僧都を訪問して事情を尋ねるも、浮舟は対面を拒絶する。		

6つの場面でわかる!

『源氏物語』のあらすじ
—「匂兵部卿宮」から「夢浮橋」まで

光源氏の物語の終わりから９年後——。仏道を志す光源氏の子・薫は、八の宮と交流を深めますが、その娘たちを垣間見たことで運命が動き出します。

其の4
浮舟の入水
匂宮の情熱的な愛
匂宮
浮舟
匂宮は浮舟を舟で連れ出し、対岸の小家で歓楽のひと時を過ごす。(▶P.122)

其の5
浮舟の入水
大君の身代りを求める薫と、薫への対抗心で浮舟を求める匂宮の間で板挟みとなった浮舟は宇治川に身を投げることを決意する。(▶P.122)
浮舟

其の5
恋の終わり
浮舟によく似た女性の噂を耳にした薫は、使いを送る。だが浮舟は、人違いだと言い、手紙を押し返した。(▶P.124)
浮舟
横川の僧都の妹尼

あらすじガイドライン

光源氏が物語から姿を消して9年がたち、子供たちの世代も成長して恋をするようになりました。光源氏ほど華やかな人物はいませんが、世間では、光源氏の子・薫《かおる》と今上帝の親王・匂宮《におうみや》が評判でした。

光源氏没後の世界

もてはやされるふたりの貴公子と、静けさが漂う光源氏没後の世界

収録巻

第四十二帖「匂兵部卿」
第四十三帖「紅梅」
第四十四帖「竹河」

柏木《かしわぎ》と女三《おんなさん》の宮《みや》の間に生まれた薫でしたが、その後は、光源氏の子として育てられ、それを疑う者はいませんでした。

ですが薫自身は、母親の女三の宮が若くして出家していることなどから、自分の出生に疑問を抱いています。そのためか、何事にも積極的になれない性格をしていました。

そんな薫は、なぜか生まれつき体からよい香りが漂っていて、それが魅力でした。

一方の匂宮は今上帝《きんじょうてい》と明石の中宮の間に生まれた皇子。女性に盛んに言い寄り、自分で香を調合しては衣に焚《た》きしめていました。

対照的なこのふたりは当代きっての貴公子で、親友でかつライバルという、かつての光源氏と頭中将《とうのちゅうじょう》のような関係です。「匂う兵《ひょう》部卿《ぶきょう》、薫る中将」とそろって女性にもてはやされるのはもちろん、婿《むこ》になってほしいと望む家がたくさんありました。

母として尽きない玉鬘の悩み

髭黒《ひげくろ》の妻となった玉鬘《たまかずら》は、三男二女の母となっていました。髭黒は亡くなりましたが、男子はみな元服し、暮らしは安定しています。

残る悩みは、娘たちの将来です。どちらも美しく、玉鬘は誠実な薫が婿になってくれたらと考えました。しかし結局、姉の大君《おおいぎみ》は冷泉院のもとへ上がり、妹君は今上帝に入内《じゅだい》しました。人も羨《うらや》むことではありますが、後宮《こうきゅう》での娘たちは気苦労が多いのでした。

六条院のその後の相関図

光源氏の没後、その名声を受け継ぐ者は登場しなかったが、世間の人々は光源氏の子・薫と今上帝の皇子・匂宮に注目していた。

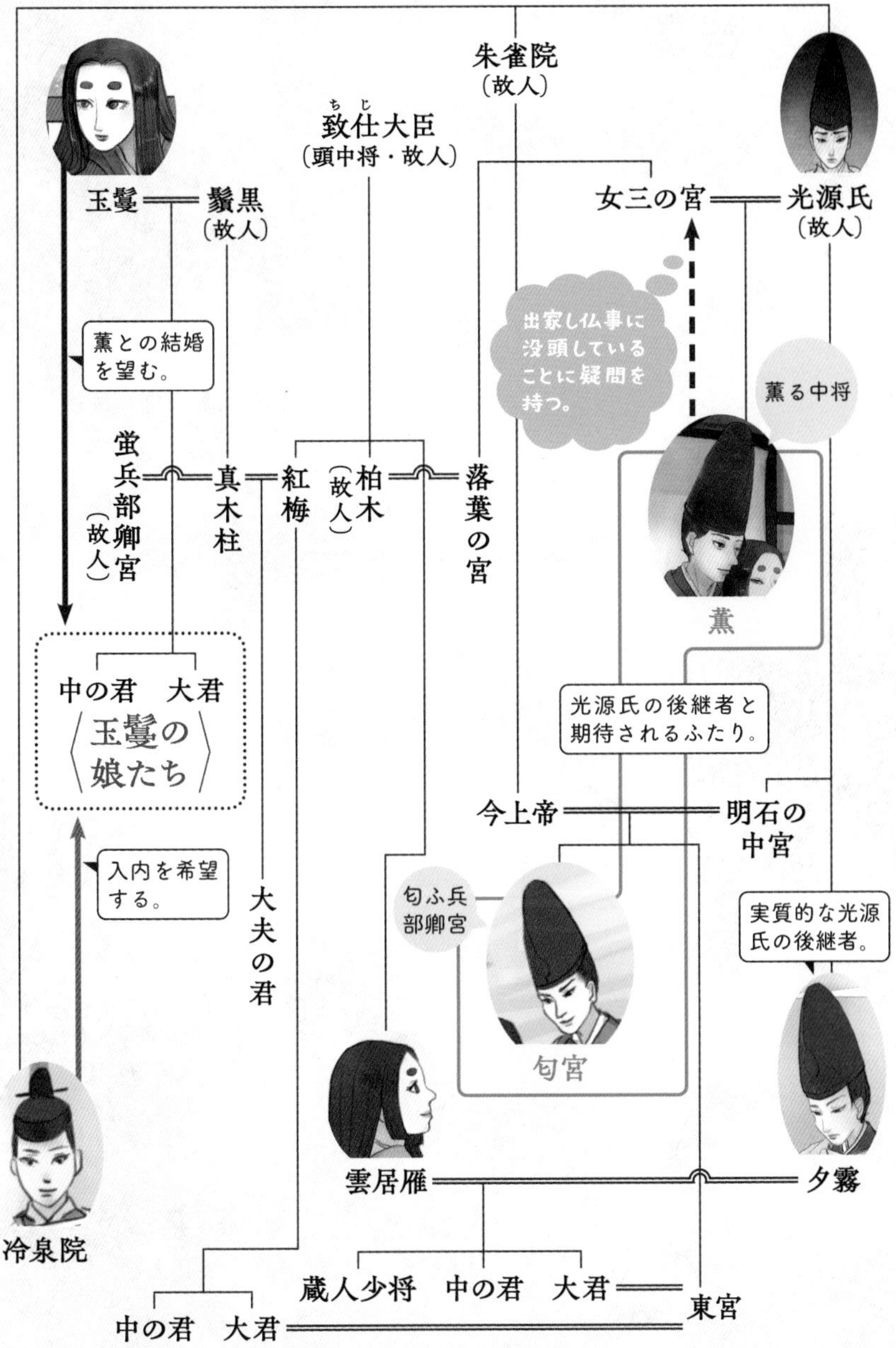

薫の恋

仏道に惹かれる薫は、八の宮との交流のなかで、ふたりの姫君に出逢う

あらすじガイドライン

ある時、薫は、八の宮という人物が宇治で仏道の修行に励んでいると耳にします。仏道に心を寄せている薫は、宇治を足繁く訪れては親しく語り合うようになりました。この八の宮にはふたりの姫君がおり、彼女たちを垣間見《かいまみ》したとき、薫の恋が始まりました。

八の宮は光源氏の異母弟ですが、不遇な身の上で、宇治に隠棲《いんせい》して仏道修行にいそしんでいたことから、「俗聖《ぞくひじり》」と呼ばれています。北の方も早くに亡くなったため、ひとりでふたりの姫君を育てていました。

薫が姫君たちを垣間見たのは、八の宮との交流が始まってから3年目のことです。宇治を訪ねたある夜、合奏の音が聞こえたので垣間見たところ、ふたりの姫君の姿があったのです。姉の大君《おおいぎみ》は落ち着いて嗜《たしな》み深い様子で、妹の中の君は可愛《かわい》らしくつややかです。八の宮は留守だったため、姉の大君が薫と歌を交わしました。

薫は京に戻っても大君のことが忘れられず、文を交わすようになりました。

父は亡き柏木だった……ついに出生の秘密を知った薫

そんなある日、薫は八の宮に仕えている弁《べん》という老女房から、薫が光源氏の子ではなく、柏木と女三の宮の密通によって生まれた不義の子だという事実を明かされます。

弁は柏木の乳母子《めのとご》で、柏木から死の直前に柏木と女三の宮の手紙も預かっていました。柏木の手紙には、子の成長を見守ることができず悲しいとありました。

驚いた薫は、その後母の女三の宮を訪ねますが、母が読経している姿を見て、秘密を知ってしまったことを告げず心に収めておくことを決意するのでした。

収録巻

第四十五帖「橋姫」

薫の恋と出生発覚を巡る相関図

薫は、光源氏の異母弟・八の宮が宇治で仏道修行をし、隠棲しているのを知り、興味を持つ。その後薫は宇治をしばしば訪れるようになり、八の宮と意気投合。さらに八の宮のふたりの姫君を垣間見て、大君に心を奪われてしまう。

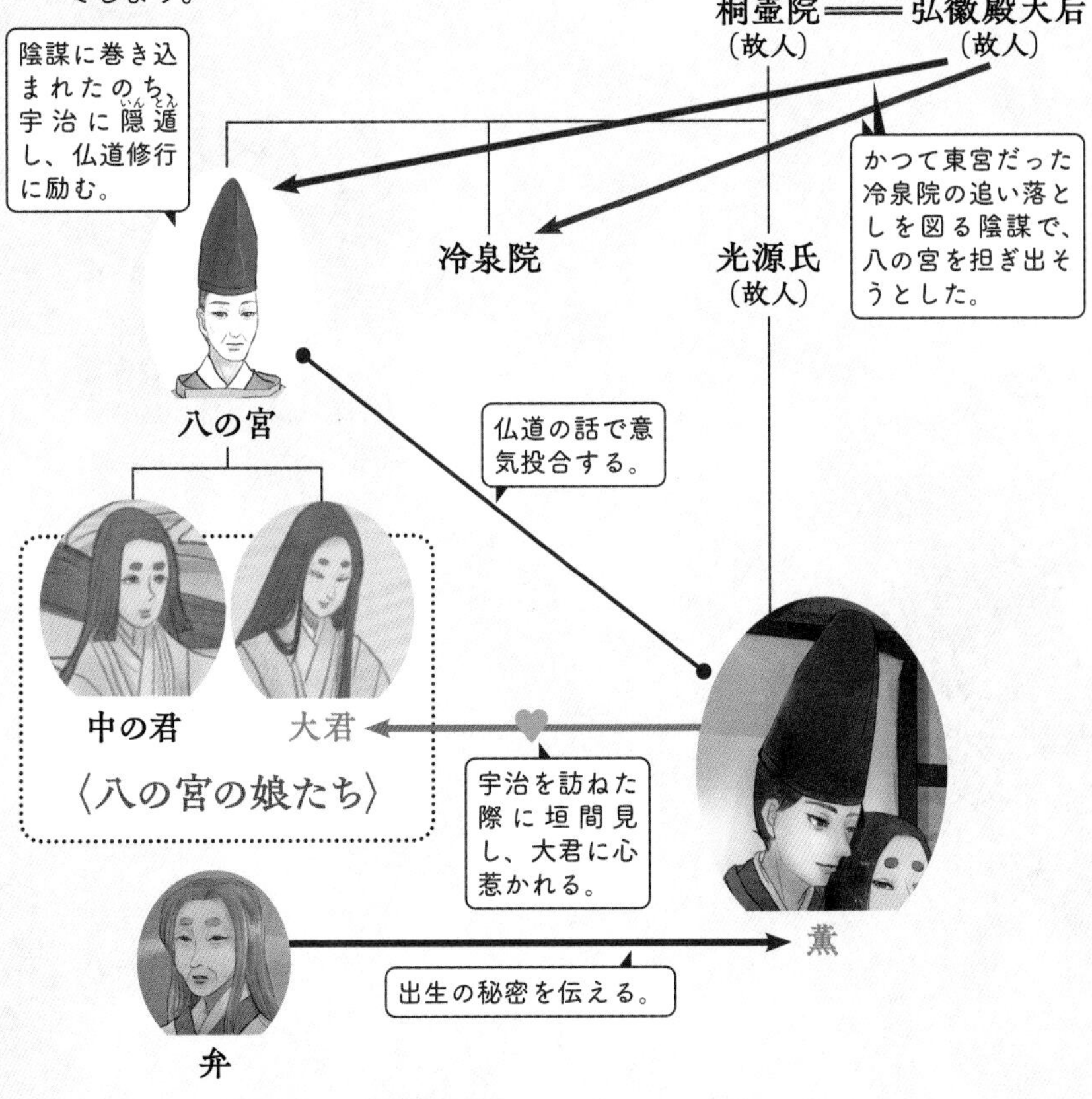

『源氏物語』でわかる!

平安貴族の習慣

絆の深い乳母子

乳母は貴人の赤子に乳を与えて養育する世話係のこと。乳母には生まれて間もない子供がいるはずで、その乳母子は乳母を通じて主君とは強い絆で結ばれます。柏木にとっての弁がそれで、兄弟のような従者ともいえるでしょう。

『源氏物語』では、ほかにも光源氏の乳母の子、惟光《これみつ》が有名。光源氏が夕顔や紫の上と知り合った時には同行し、朧月夜《おぼろづきよ》の素性を探るなど、いつも光源氏の身近に仕えていました。冒険をするとき乳母は叱る役に回りますが、乳母子は一緒になって冒険をするような存在です。

あらすじガイドライン

薫と交流を続けてきた八の宮は、死期を悟ると、薫に大君、中の君の後見を依頼して世を去ります。薫は悲しみに沈む姫君たちを慰めつつ、大君への恋を成就させるべく、匂宮を巻き込んだ画策を始めるのでした。

大君への執着

試行錯誤を繰り返した薫の恋は、薫の画策で悲劇的結末を迎える

収録巻

第四十六帖「椎本」
第四十七帖「総角」

匂宮は、薫が宇治へ頻繁に出かけて行くのを怪しみ、姫君たちのことを知ります。そして、中の君と文を交わすようになりました。

体調が思わしくない八の宮は、薫に娘たちの後見を依頼し、娘たちには宇治を離れてはいけないと遺言を残して亡くなります。

八の宮の没後、薫は大君と中の君を援助する一方で、大君に何度も手紙を送り、恋情を訴えますが返事はありません。八の宮の一周忌を終えた頃、寝所へ入り込みますが、大君は中の君を残して逃げてしまいました。

薫に向かうことのない大君の心情

薫を避け続ける大君ですが、薫を嫌っているのではありません。彼女は男女の仲になるより同じ心でいることを理想としたのです。また、薫には、自分ではなく妹の中の君と結婚してほしいとも願っていました。

しかし薫は、まず中の君を結婚させれば、自分を受け容れるだろうと考え、匂宮を宇治に案内して、中の君と契りを交わさせてしまいます。大君は薫の行動を非難しますが、匂宮が3日続けて宇治に通ったため、結婚が成立しました。

ところがその後、匂宮は多忙から宇治への足が遠のいたばかりか、都で縁談が持ち上がることとなります。これを知った大君は、心労のあまり病床につき、そのまま帰らぬ人となってしまいました。

薫の恋を巡る相関図

薫は匂宮と大君の妹・中の君を結婚させるが、結果的に大君を絶望させ、大君は心労から世を去ってしまう。

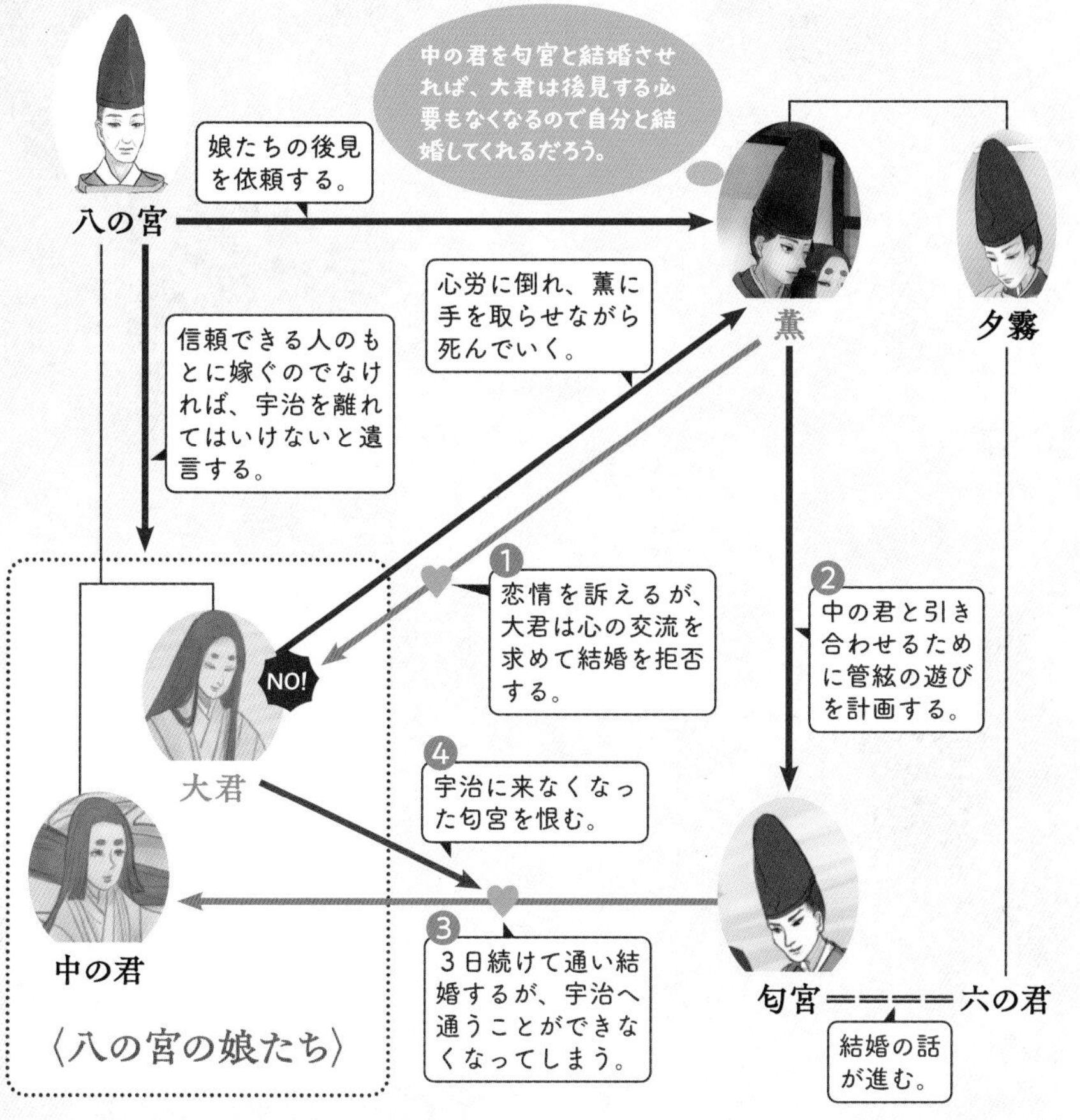

『源氏物語』でわかる!

平安貴族の習慣

平安時代の宇治

藤原頼通建立の平等院鳳凰堂《ほうおうどう》で名高い宇治は、平安京とは陸路のみならず巨椋池《おぐらいけ》を介した水路でもつながり、交通の便がよく、風光明媚《めいび》で美しい土地でした。

平安貴族たちも四季折々に色合いを変える宇治の風景に憧《あこが》れ、宇治橋で結ばれた宇治川の両岸に競うようにして別荘を建てていました。

『源氏物語』では、夕霧が光源氏から受け継いだ宇治の別荘は、現在平等院が立つ場所にあった源《みなもとの》　融《とおる》の別荘地・宇治院をモデルとし、八の宮の屋敷を対岸に設定しているともされます。

あらすじガイドライン

大君亡きあとも、薫は彼女を忘れられません。そんな薫に中の君が、大君によく似た女性がいることを教えると、薫は強く興味を惹《ひ》かれます。やがてその浮舟《うきふね》を垣間見た薫は、大君の生き写しであることに衝撃を受け、再び恋の道を歩き始めます。

浮舟の登場

亡き大君によく似たもうひとりの姫君

収録巻
第四十八帖「早蕨」
第四十九帖「宿木」
第五十帖「東屋」

大君の死後、中の君は匂宮によって京に迎えられます。しかし、亡き大君を思い続ける薫は、中の君に恋心を抱くようになっていました。そこで中の君が伝えたのが、大君の生き写しともいえる浮舟の存在でした。

浮舟は亡き八の宮の娘ですが、母親の身分が低いため、八の宮に実子と認められていませんでした。その後、母親は常陸介《ひたちのすけ》の後妻となり、浮舟は常陸で美しく成長します。

母親は、熱心に求婚してくる左近少将《さこんのしょうしょう》と浮舟を婚約させたのですが、この男の目的は財産で、浮舟が常陸介の実子でないと知ると婚約を破棄し、実子に乗り換えたのです。母親は浮舟が哀れで悔し涙にくれ、中の君に浮舟を置いてくれるように頼みました。

薫の気持ちを知った中の君は、浮舟と薫が結ばれるように後押しします。薫も大君そっくりの浮舟を垣間見て、世話をしたいと考え、思惑は一致しました。

浮舟に対する薫の思いは身代りを求めているだけ

しかし浮舟の母親は、身分が低いために、八の宮に遠ざけられた過去から、薫の身分が高すぎるとためらいます。一方で、その後夫となった常陸介は連れ子の浮舟に冷淡でした。だからこそ申し分のない結婚をさせたいと願っていたのです。

そうしたなか、浮舟を垣間見た薫は、彼女こそ大君の身代りだと期待するのでした。

浮舟をめぐる人々

大君の没後も彼女を忘れられない薫は、あるとき、匂宮に迎えられた中の君から、大君によく似た女性・浮舟の存在を聞かされ、強く興味を惹かれる。

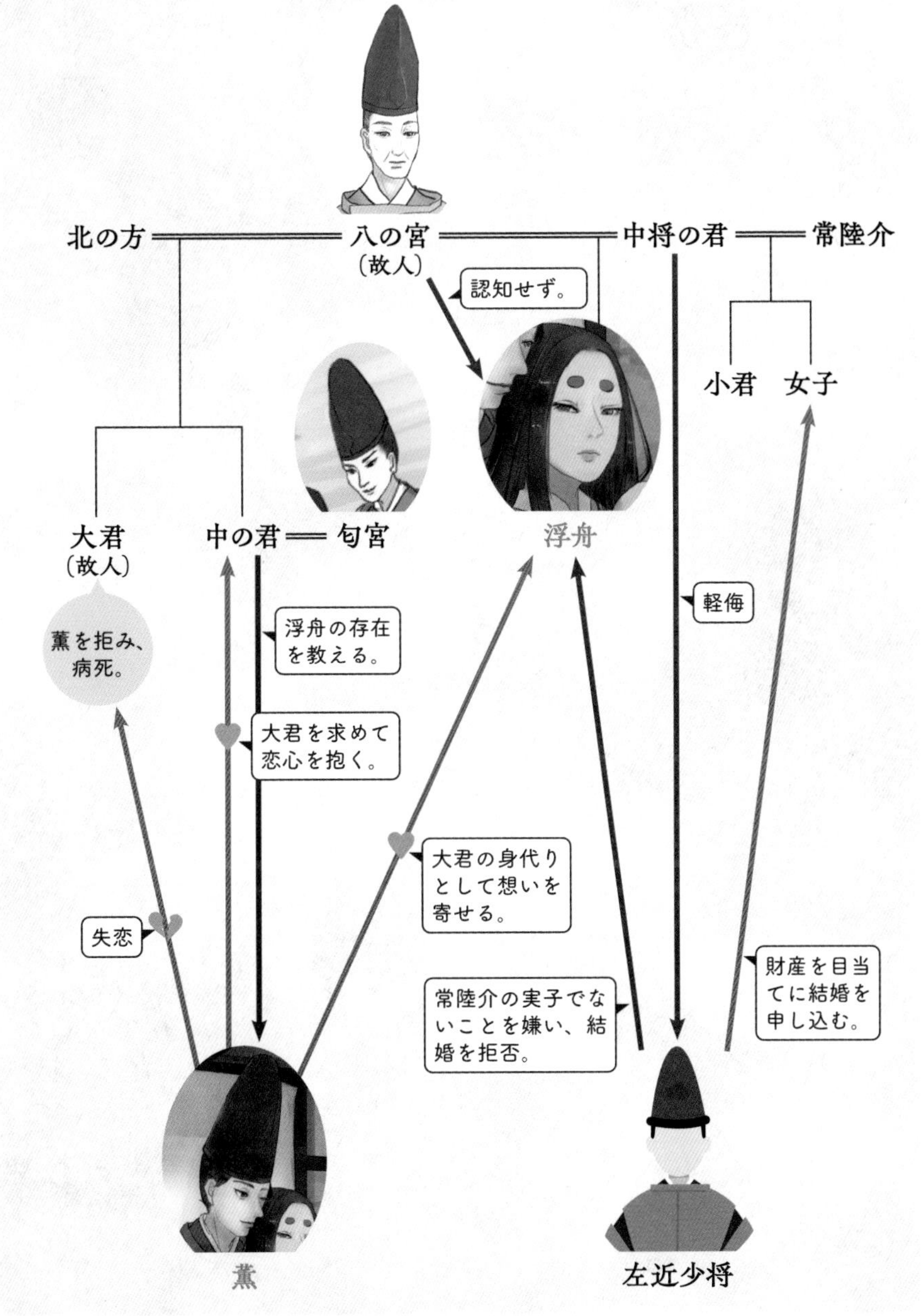

あらすじガイドライン

浮舟の存在を知り夢中になる薫。そんな薫と浮舟の間に横やりを入れてきたのが、匂宮でした。彼は中の君の夫でありながら、浮舟に言い寄ったのです。──薫と匂宮。ふたりの貴公子の間で浮舟の苦悩は深まります。

浮舟の入水

匂宮の積極的なアプローチと身代りを求める薫
周囲の人間関係が浮舟を追い詰める

収録巻

第五十帖「東屋」
第五十一帖「浮舟」

匂宮が妻の中の君が住む二条院で美しい浮舟を見かけ、言い寄るという事件が起こります。浮舟は危うく逃れましたが、このことを聞いた母親は、浮舟を三条あたりの小家に移しました。

一方の薫は弁から浮舟の居場所を聞き出すと、その隠れ家にて浮舟と初めて契りを交わします。そして翌日には宇治へ連れて行きました。ですが薫は、道中牛車《ぎっしゃ》のなかで浮舟をあらゆる面で大君と比較しているのでした。

薫に対して対抗意識を燃やす匂宮

匂宮は、薫が宇治に通うのを怪しく思いました。そして薫が浮舟を宇治に住まわせているのを知って、またも対抗心を燃やします。

そして薫の留守中に宇治へ赴くと、薫の声色を使って女房たちをだまし、浮舟に声も立てさせず関係を持ったのです。

浮舟は、薫に知られたらどうなるのか打ち沈みますが、それでも、またやって来た匂宮に小舟に乗せられ、対岸の小屋まで連れて行かれて時を過ごすなかで、薫にはない奔放さに惹かれてしまうのでした。

薫も匂宮も、京に浮舟を迎え入れる邸《やしき》を準備しているというのですが、薫が求めているのは大君の身代りで、匂宮は生来の色好みと薫への対抗意識で行動しているだけです。

浮舟はついに入水《じゅすい》を決意し、手紙を焼いたり、細かく裂いて宇治川に流したりしました。

浮舟が死を決意するに至る人間関係

中の君は薫と浮舟を結ばせようとするが、これに横やりを入れてきたのが匂宮である。浮舟は情熱的な匂宮に惹かれたが、薫との間で揺れ、誰にも打ち明けられず、悩んだ末、死を決意する。

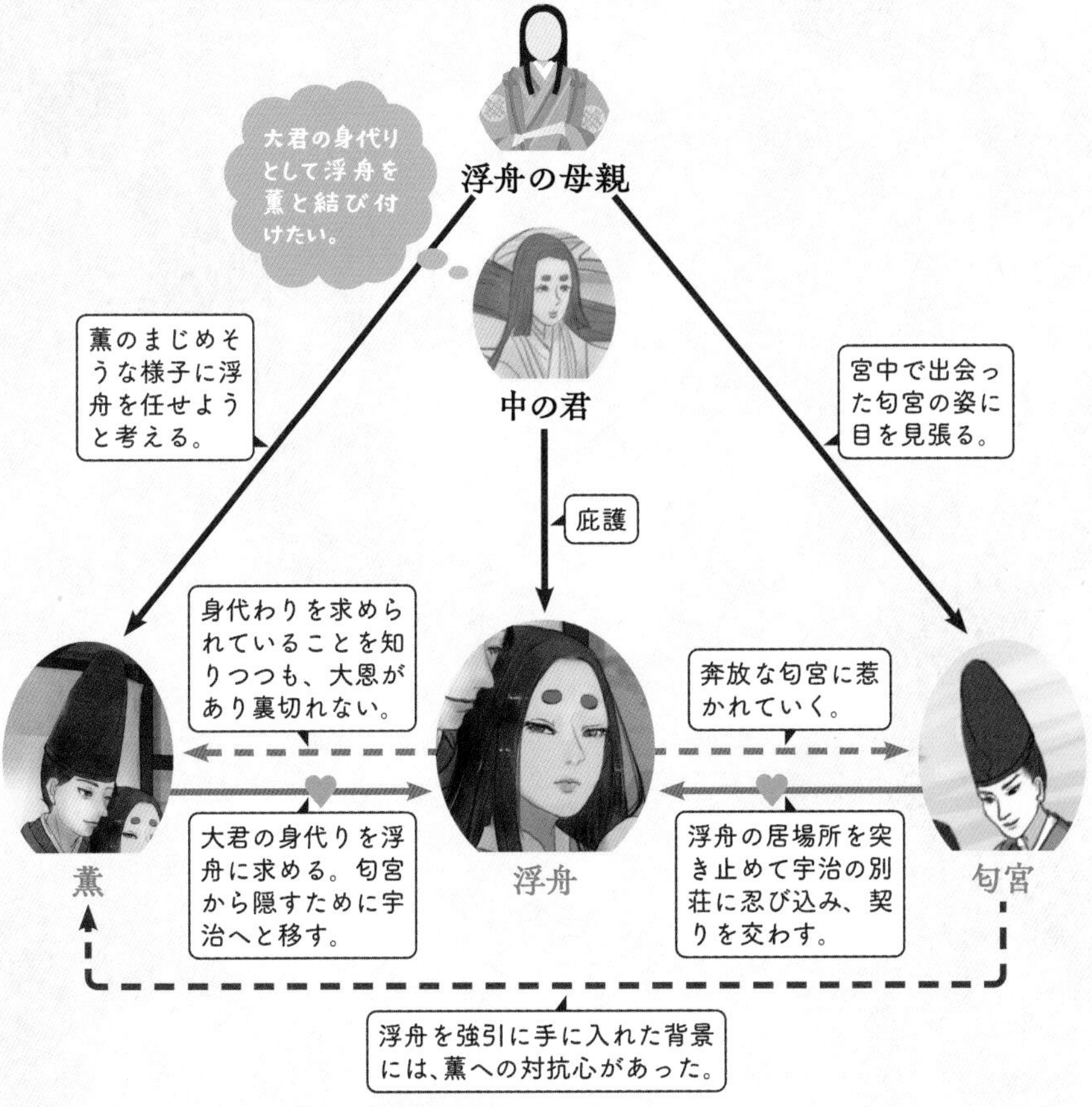

『源氏物語』でわかる!

平安貴族の習慣

貴族と薫物

匂宮の名の由来となったのが香。香には衣服に薫《た》きしめる「薫衣香《くのえこう》」と、部屋などの空間に芳香をあしらう「空薫物《そらだきもの》」の2種類があり、匂宮や鬚黒《ひげくろ》が衣服に香りを染み込ませたのが前者です。香の調合は、香木や樹脂、スパイス、麝香《じゃこう》などの動物の分泌物などを使って貴族自ら行ないます。香木のうちにはそれ自体が芳香を放つものもありますが、砕いて粉末状にした数種の香材を、つなぎを使って調合・過熱したのち、練り物状にしました。これを「薫物《たきもの》」といい、香壺《こうご》に入れて醸成させ、「香炉」で焚きました。

恋の終わり

入水した浮舟の行方が発覚するとともに終焉を迎えた薫の恋

あらすじガイドライン

浮舟の姿が消えて、宇治は騒ぎになりました。浮舟の苦しみを知る女房もいたので、入水したに違いないと葬儀が行なわれます。薫は、匂宮とのことで浮舟を責めたことを後悔し、匂宮は正気を失って寝込んでいます。しかし浮舟は、生きていたのです。

収録巻

第五十二帖「蜻蛉」
第五十三帖「手習」
第五十四帖「夢浮橋」

姿を消した浮舟の葬儀は、遺骸《いがい》のないまま行なわれ、誰もが悲しみました。薫は臥せったままの匂宮を見舞って皮肉を言いながらも、四十九日《しじゅうくにち》の法要は立派に行ないました。

しかし、浮舟は死んでいませんでした。宇治院の木陰で倒れているところを、横川《よかわ》の僧《そう》都《ず》という人物に助けられていたのです。

浮舟は名も素性も明かさず、「川へ流してください」と言うばかりで、意識がはっきりしませんでした。ようやく回復しても勤行《ごんぎょう》と手習《てなら》いに打ち込んで日を送り、半年が過ぎた頃、横川の僧都に自ら頼み込んで出家を果たしました。

運命に流されてばかりだった浮舟が、自分の意志を通したのです。

浮舟に対する思いを残したままの薫

この女性の噂《うわさ》を聞いた薫は浮舟だと確信し、横川の僧都を訪ねました。

そして浮舟に会わせてほしいと頼みますが、横川の僧都はそうしては信心を揺るがしてしまうと断ります。

薫は、浮舟の弟・小君《こぎみ》に手紙を持たせて使いにやります。浮舟はその手紙を見て泣き伏し、母親がどうしているか知りたいと思いつつ、手紙を手に取ろうともしません。

小君からそれを聞いた薫は、誰か新しい恋人の男性が浮舟を隠しているのではないかなどと、思いをめぐらすのでした。

宇治十帖の幕引き

浮舟の失踪《しっそう》後、薫は横川の僧都が出家させた女性の噂を耳にして使いに手紙を持たせるが、浮舟は答えることなく、物語は終わる。

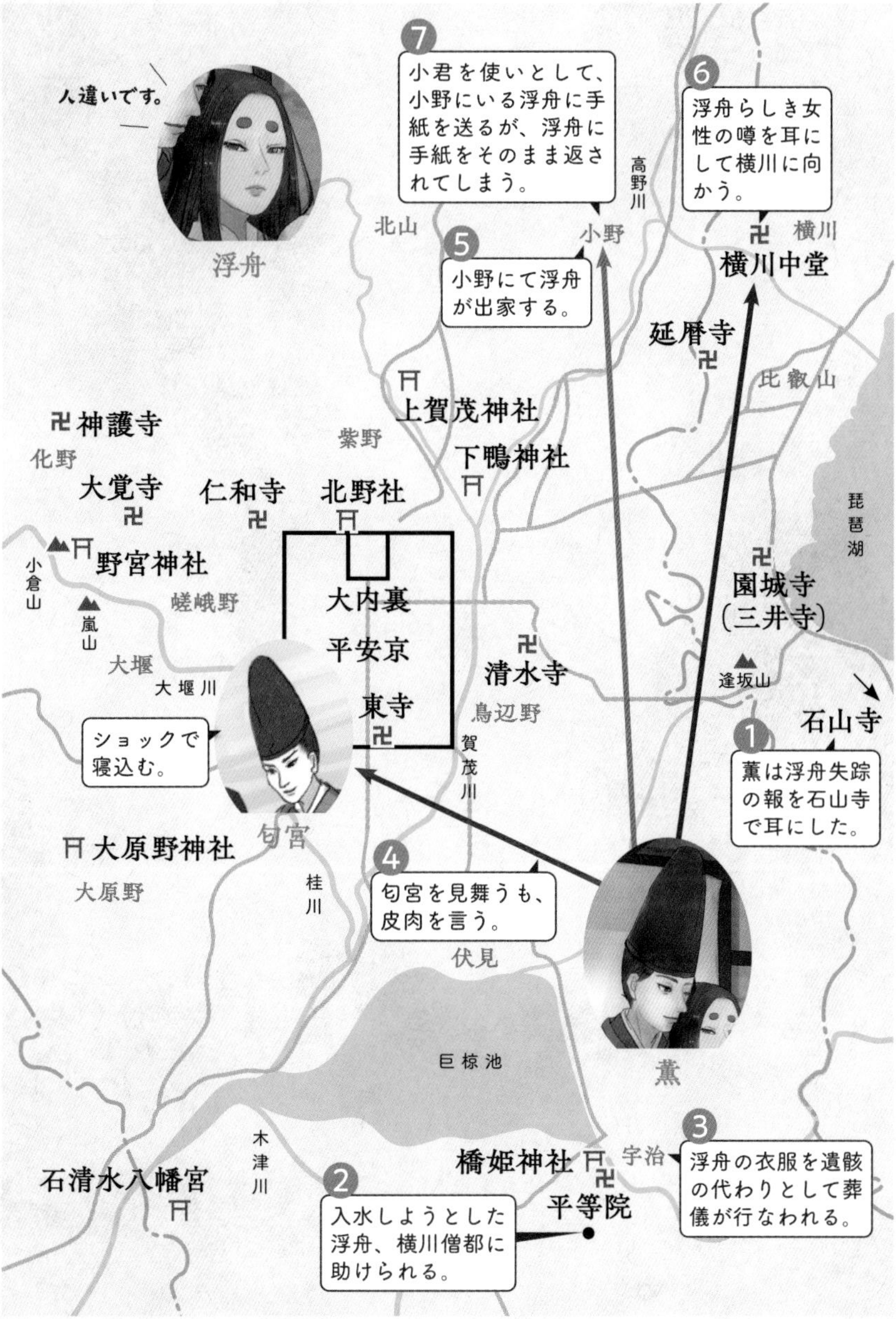

もっと

『源氏物語』を深く知りたい人のための ブックガイド

『源氏物語』を原文で読む

・『新編日本古典文学全集　源氏物語』（全６冊）
●阿部秋生・秋山虔・今井源衛・鈴木日出男 校訂・訳（小学館）

・『新潮日本古典集成　源氏物語』（全８冊）●石田穣二・清水好子校注（新潮社）

・『源氏物語（岩波文庫）』（全９冊）
●柳井滋・室伏信助・大朝雄二・鈴木日出男・藤井貞和・今西祐一郎 校注／
今井久代・陣野英則・松岡智之・田村隆 編集協力（岩波書店）

・『源氏物語　付現代語訳（角川ソフィア文庫）』（全 10 冊）
●玉上琢弥 訳注（KADOKAWA）

『源氏物語』がもっとわかる

・『２時間でおさらいできる源氏物語（だいわ文庫）』●竹内正彦（大和書房）

・『図説 あらすじと地図で面白いほどわかる！
源氏物語（青春新書インテリジェンス）』●竹内正彦監修（青春出版）

・『図解でスッと頭に入る紫式部と源氏物語』●竹内正彦監修（昭文社）

・『源氏物語事典』
●林田孝和、植田恭代、竹内正彦、原岡文子、針本正行、吉井美弥子編（大和書房）

・『源氏物語入門』●『源氏物語大辞典』編集委員会編（KADOKAWA）

・『源氏物語図典』●秋山虔・小町谷照彦編（小学館）

・『人物でよむ源氏物語』（全 20 冊）●上原作和編（勉誠出版）

・『源氏物語を知る事典』●西沢正史編（東京堂出版）

・『明解　源氏物語五十四帖　あらすじとその舞台』
●池田弥三郎・伊藤好英（淡交社）

作者・紫式部がわかる

・『紫式部日記　現代語訳付き（角川ソフィア文庫　現代語訳付き）』
●紫式部、山本淳子訳注（KADOKAWA）

・『日本の作家100人　紫式部　人と文学』●後藤幸良（勉誠出版）

・『日本の作家12　源氏の作者 紫式部』●稲賀敬二（新典社）

・『評伝紫式部―世俗執着と出家願望』●増田繁夫（和泉書院）

・『京都　紫式部のまち―その生涯と『源氏物語』』●酒井輝久（淡交社）

『源氏物語』の時代がわかる

・『古代史の基礎知識』●吉村武彦（KADOKAWA）

・『源氏物語の時代――条天皇と后たちのものがたり』
●山本淳子（朝日新聞出版）

・『日本の歴史06 道長と宮廷社会』●大津 透（講談社）

・『京都時代MAP　平安京編』（光村推古書院）

平安時代の生活・文化がわかる

・『平安朝の生活と文学（ちくま学芸文庫）』●池田亀鑑（筑摩書房）

・『平安時代の文学と生活』（全3冊）●山中裕・鈴木一雄編（至文堂）

・『王朝文学文化歴史大事典』●小町谷照彦・倉田実編（笠間書房）

・『【ビジュアルワイド】平安大事典―図解でわかる「源氏物語」の世界』
●倉田実編（朝日新聞出版）

・『王朝生活の基礎知識―王朝のなかの女性たち』
●川村裕子（KADOKAWA）

・『源氏物語の和歌』●高野晴代（笠間書院）

・『王朝貴族物語―古代エリートの日常生活』●山口博（講談社）

※本書はこれらの文献を参考とさせて頂きました。

【監修者略歴】

竹内正彦（たけうち・まさひこ）

國學院大學文学部日本文学科教授。1963年長野県生まれ。國學院大學大学院博士課程後期単位取得退学。博士（文学）。群馬県立女子大学文学部講師・准教授、フェリス女学院大学文学部教授等を経て、現職。専攻は『源氏物語』を中心とした平安朝文学。著書に『源氏物語の顕現』（武蔵野書院）、『源氏物語発生史論―明石一族物語の地平―』（新典社）、『2時間でおさらいできる源氏物語（だいわ文庫）』（大和書房）、『源氏物語事典』（大和書房、共編著）、監修に『図説 あらすじと地図で面白いほどわかる！源氏物語（青春新書インテリジェンス）』（青春出版社）など。

【STAFF】

装丁・本文デザイン／柿沼みさと
本文DTP／伊藤知広（美創）
本文イラスト／Leia
編　集／株式会社ロム・インターナショナル

ビジュアル版

一冊でつかむ源氏物語

2023年10月30日　初版発行
2024年 3 月10日　2刷発行

監　修	竹内正彦
発行者	小野寺優
発行所	株式会社河出書房新社 〒151-0051 東京都渋谷区千駄ヶ谷2-32-2 電話 03-3404-1201（営業） 03-3404-8611（編集） https://www.kawade.co.jp/
印刷・製本	三松堂株式会社

Printed in Japan
ISBN978-4-309-62954-4